KB142374

도형의 개념

# 수학탐정단과 도형의 개념

청소년 수학소설 십대들의 힐링캠프, 중학수학(1학년 2학기)

[십대들의 힐링캠프®] 시리즈 NO.42

지은이 | 박기복
발행인 | 김경아

2022년 2월 25일 1판 1쇄 인쇄
2022년 3월 2일 1판 1쇄 발행

**이 책을 만든 사람들**
책임 기획 | 김경아
기획 | 김효정
북 디자인 | KHJ북디자인
표지 삽화 | 발라
교정 교열 | 좋은글
경영 지원 | 홍종남

**이 책을 함께 만든 사람들**
종이 | 제이피씨 정동수·정충엽
제작 및 인쇄 | 천일문화사 유재상

**청소년 기획위원**
정가인, 양태훈, 양재욱

**출간 전 베타테스터**
김서진(천안 불무중학교)

펴낸곳 | 행복한나무
출판등록 | 2007년 3월 7일. 제 2007-5호
주소 | 경기도 남양주시 도농로 34, 301동 301호(다산동, 플루리움)
전화 | 02) 322-3856 팩스 | 02) 322-3857
홈페이지 | www.ihappytree.com
도서 문의(출판사 e-mail) | e21chope@daum.net
내용 문의(지은이 e-mail) | yesreading@gmail.com
※ 이 책을 읽다가 궁금한 점이 있을 때는 지은이 e-mail을 이용해 주세요.


ISBN 979-11-88758-43-2
"행복한나무" 도서번호 : 144

※ [십대들의 힐링캠프®] 시리즈는 "행복한나무" 출판사의 청소년 브랜드입니다.

수학탐정단과
도형의 개념
$V=\frac{4}{3}\pi r^3$
|박기복 지음|
행복한 나무

# 설정 해설

이 소설은 수학탐정단 시리즈 1권(중1-1) 『수학탐정단과 메타버스 실종사건』에서 이어지는 이야기입니다.

이 소설은 현실 세계가 아니라 메타버스 세계를 배경으로 펼쳐진다. 메타버스(*metaverse*)는 '더 높은', '초월한'을 뜻하는 메타(*Meta*)와 '우주', '경험 세계'를 뜻하는 유니버스(*Universe*)가 더해진 말로, 가상과 현실이 뒤섞인 디지털 세계, 새로운 세계를 뜻한다. 메타버스를 한마디로 정의하면 '아바타(*Avatar*)'로 사는 세상이다.

아바타(*Avatar*)는 원래 힌두교에서 지상에 내려온 신의 분신을 뜻하는 용어다. 인터넷에서는 본인이 아닌 분신을 지칭하는 용어로 쓴다. 넓게 보면 인터넷에서 사용하는 별칭, *SNS* 등에서 자신을 나타내는 데 쓰는 사진, 게임에서 사용하는 캐릭터 등도 모두 아바타다.

소설 속 아바타는 현실 인간과 신경연결망을 통해 이어진다. 신경연결망은 아바타를 조종하는 현실 사람과 메타버스에서 움직이는 아바타를 연결하는 전자장치다. 아바타가 느끼는 감각을 실제 현실에서도 그대로 느끼게 하며, 현실 사람이 표현하는 감정과 동작을 아바타에 그대로 전한다. 감각이 결합하는 정도는 사용자가 자유롭게 설정할 수 있다.

아바타는 현실에 사는 사람과 마찬가지로 일정한 힘을 계속 충전해야 한다. 아바타를 유지해 주는 힘을 지칭하는 용어가 '알짜힘'이다. 알짜힘이 사라지면 메타버스에 사는 아바타가 소멸하고, 아바타가 찬 아이템팔찌에 보관된 아이템도 같이 소멸한다. 별도의 개인보관함에 둔 아이템은 사라지지 않는다. 다시 로그인을 하면 메타버스에 같은 아바타로 접속이 가능하며, 개인보관함에 있는 아이템으로 꾸미기가 가능하다. 아바타가 소멸되지 않게 하려면 줄어든 알짜힘을 회복하게 해 주는 생체물약을 복용해야 한다.

# 차례

## 등장인물 소개

※ 모든 등장인물 이름은 메타버스 안에서 쓰는 별칭이다.

**수학탐정단** 연산균, 고난도, 황금비, 미지수지, 나우스가 단원이며, 연산균이 모둠장이다. 메타버스 안에서 벌어지는 수상한 음모를 수학으로 파헤친다.

**고난도** 희귀한 아이템을 즐겨 모으는 수집광이다. 관찰력이 매우 뛰어나고, 한정판이 걸리면 능력치가 한없이 올라가 평소에 못 했던 일들도 손쉽게 해낸다.

**황금비** 한때 전투행성에서 유명했던 최강 전사다. 특별한 사건을 겪은 뒤 잠시 청소년 구역에서 평범하게 지내는 중이다. 사건이 터지자 최강 전사로서 실력을 서서히 발휘한다.

**연산균** 수학탐정단을 이끄는 모둠장이다. 모자를 좋아해서 다양한 모자를 수집하고, 늘 모자를 쓰고 다닌다. 마음씨는 착하지만 소심하고 눈치를 많이 본다.

**미지수지** 모델처럼 외모를 독특하게 꾸미길 좋아한다. 남들 눈치를 보지 않고 자기 색깔을 고집하며 손에는 늘 거울을 들고 다닌다.

**나우스** 새로운 아이템으로 아바타 외모를 끊임없이 바꿔나가는 걸 좋아한다. 실력을 제대로 선보인 적은 없지만 대단한 실력자로 평가받는다.

**비례요정** 연산균 일행과 사사건건 부딪치는 정체를 모를 여성 아바타다. 팔다리가 길고 키가 큰 팔등신 몸매인데, 립스틱으로 입술 모양을 그린 마스크를 늘 쓰고 다닌다.

**너클리드** 비례요정과 함께 나타나는 수상한 남성 아바타다. 몸이 작고 통통하며 늘 복면을 쓰고 두 눈만 내놓고 다닌다.

**피타고X** 비밀조직을 이끄는 두목을 지칭하는 암호명이다. 실제로 누구인지 아무도 모르며 강력한 비밀 무기를 이용해 거대한 음모를 꾸미고 있다.

**제곱복근** 흰색 반소매 상의에 검은색 반바지만 입고 다니는 아바타다. 겉모습을 전혀 꾸미지 않고 다니며, 정체도 능력도 미지수다.

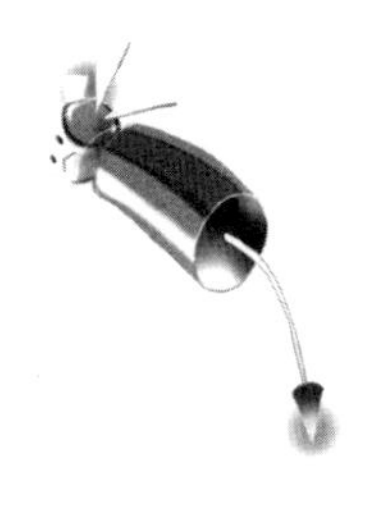

# *01.* 점으로 만들어 낸 공간

## : 기본 도형 :

하얀 눈송이 하나가 점이 되어 하늘에서 천천히 선을 그으며 내려왔다. 눈송이는 시원한 감각을 깨우며 손등에 점 하나를 남겼다. 눈이 녹은 뒤에도 시원한 느낌은 픽셀 한 점[1]에 감각으로 기록되어 신경연결망을 타고 가상에서 현실로 넘어왔다. 한 송이, 두 송이 늘어나는 눈송이들이 높이 솟은 산과 쭉쭉 뻗은 침엽수림지대뿐 아니라 산비탈과 평야까지 온통 하얀빛으로 뒤덮었다. 구름은 산허리를 감싸며 돌고, 새들은 천사와 같은 날개를 자랑하며 구름과 산을 가로질렀다. 꽃잎처럼 예쁜 요정들이 침엽수림 곳곳을 날아다니며 마법 가루를 뿌리자 달콤한 선율과 신비한

1 점 : 크기가 없고 위치만 있는 도형. 점은 선, 면, 도형을 이루는 기초다. 수학에서 점은 실제 존재하는 것이 아니라 수학으로 규정한 개념이다.

별빛이 쏟아지며 눈에 잠긴 숲을 황홀경으로 채웠다. 숲과 구릉지가 만나는 곳에 하얀 지붕을 머리에 인 정겨운 나무집이 줄줄이 들어서고, 울긋불긋한 조명이 창문을 물들였다.

흰 종이를 평평하게 펴 놓은 듯한 대지에 나우스와 연산균이 서 있었다. 멀리서 보면 둘은 마치 깨끗한 백지 위에 찍힌 점처럼 보였다.

연산균 손에 든 게 '폴', 발에 신은 게 '플레이트', 기억했어.

나우스 폴로 눈을 찍어 보세요.

연산균은 폴로 눈을 부드럽게 찍었다가 들었다. 하얀 종이 위에 점 하나가 찍혔다.

나우스 들지 말고 폴을 바닥에 찍은 채 가만히 있어 보세요. 팔꿈치가 구부러진 각도[2]를 보세요.

연산균 90°쯤 되는데 괜찮은 건가?

나우스 직각이 딱 좋아요. 폴은 균형을 잡거나 속도를 낼 때 써요. 바닥을 찍을 때는 항상 90°를 유지하는 게 좋아요.

연산균 팔꿈치를 펴지 말고 직각을 유지한 채 힘을 주라는 말이네.

연산균은 폴을 잡은 두 팔을 움직여 바닥을 찍는 시늉을 했다.

---

2 각도 : 두 직선이 한 점에서 만났을 때 어긋난 정도.

나우스 플레이트는 양쪽이 평행이 되게 유지하세요. 평행하면 속도가 나고 앞을 좁히면 속도가 줄어들어요. 이제부터 천천히 움직이면서 플레이트가 평행[3]으로 이동하는 연습을 할 거예요.

나우스는 슬쩍 손으로 연산균 등을 밀었다. 플레이트와 수직으로 서 있던 연산균은 뒤로 넘어질 뻔했으나 곧 균형을 잡고 천천히 앞으로 나아갔다.

나우스 속도가 올라가면 몸을 숙여요.

연산균은 다리는 꼿꼿이 편 채 허리를 앞으로 숙였다.

나우스 아니 그런 식으로 말고, 무릎을 굽히고 허리도 살짝 굽혀요. 허리를 굽힌 각과 무릎 아래 오금을 오므린 각이 엇각[4]이잖아요. 이 엇각이 서로 맞물려서 움직인다고 생각하면 돼요. 속도가 느리면 두 엇각을 모두 평각 방향으로 펴고, 속도가 오르면 무릎 아래 오금을 오므리고 허리도 숙여서 두 엇각

3 평행 : 한 평면 위에 있는 두 직선이 만나지 않는 상태. 한 평면 위에서 평행하지 않은 직선은 반드시 만난다.

4 엇각 : 두 직선과 만나는 다른 한 직선에 대해 엇갈린 위치에 있는 각. 알파벳 $Z$에서 안쪽에 있는 두 각을 엇각이라고 한다.

이 모두 줄어들게 해요. 다만 무릎은 둔각을 유지하고, 최대로 구부려도 직각인 90°까지만 구부리세요. 허리는 속도에 따라 좁은 예각까지 구부려야 해요. 그래야 무게중심이 잡히고 안정된 상태에서 속도를 즐길 수 있어요.[5]

연산균은 나우스가 알려 준 대로 자세를 잡고 엇각인 무릎과 허리를 동시에 굽혔다 펴는 연습을 반복했다. 그 상황에서도 플레이트는 수평을 유지하려고 애썼다. 조금씩 미끄러지듯 앞으로 나아가자 평행인 두 직선이 연산균 뒤로 쭉 이어졌다.

나우스　이제 멈춰 보세요. 플레이트 앞을 살짝 오므려요. 평행하지 않은 직선이 만나듯이 플레이트 끝을 계속 오므리면 결국 그 끝이 만나게 돼요.

연산균　*A*자 모양으로 만들라는 거지?

나우스　그렇죠! 그렇게 하면 돼요.

연산균이 플레이트를 *A*자 모양으로 만들자 느리게 움직이던 몸이 서서히 멈췄다. 나우스는 아이템팔찌를 열더니 붉은 막대기를 여러 개 꺼냈다. 나우스는 지그재그 형태로 막대기를 눈밭에 깊이 꽂았다. 막대기가 눈에 깊이 박혀서 겉으로는 붉은 점만 지그재그로 보였다.

---

5　각의 종류 : 평각(180°), 직각(90°), 예각(0<각<90°), 둔각(90°<각<180°)

나우스 이제부터 점에서 점으로 이동해 보세요. 점과 점을 직선으로 잇는다는 느낌으로 움직이세요.

연산균 붉은 점에 도착하면 몸을 틀어서 다음 점으로 가야 하는 거지?

나우스 일단은 붉은 점까지 직선으로 이동하고 점이 가까워지면 속도를 줄이는 연습을 하세요. 도착하면 방향을 틀어서 다음 점으로 몸을 반듯하게 돌리고 같은 방식을 반복하세요.

연산균은 군말 없이 나우스가 시키는 대로 훈련을 했다. 점에서 출발해 선을 그리며 천천히 이동하다 다음 점에서 멈췄고, 방향을 튼 뒤에 다음 점으로 이동했다. 그렇게 계속 반복해서 이동하니 같은 선분이 지그재그로 엇갈리며 눈밭 위에 길게 이어졌다. 선과 선이 붉은 점에서 만나서 이루어진 각도가 처음에는 약간씩 달랐지만, 나중에는 모든 엇각이 엇비슷했다.

나우스 와, 실력이 늘었네요. 이제부터 점에서 멈추지 말고 부드럽게 방향 전환을 해 보세요.

연산균 방향을 전환하려면 어떻게 하지?

나우스 회전하는 쪽에 중심점을 잡고 컴퍼스로 원을 그린다고 생각하고 도세요.

연산균 그렇게 회전하면 원심력 때문에 몸이 바깥으로 쏠리겠는데?

나우스 그러니까 회전할 때는 중심점 쪽으로 몸을 살짝 숙여야 해요.

연산균 자전거 탈 때랑 똑같네.

나우스 그렇죠. 자전거 탈 때처럼 빠른 속도로 회전하려면 바닥과 몸이 만드는 예각을 더 작게 하고, 느린 속도로 회전하려면 예각을 크게 하는 거죠.

연산균 이해했어. 해 볼게.

연산균은 원리를 이해하자 실전에 곧바로 적용했다. 처음에는 천천히 회전했지만 갈수록 속도를 높였다. 연산균은 빠르게 스키 타는 기술을 습득해 나갔다. 미지수지는 나우스가 연산균을 가르치는 모습을 가만히 지켜보다가 천천히 다가오며 손뼉을 쳤다. 연산균과 나우스는 연습을 멈추고 미지수지에게 집중했다.

미지수지 그 정도면 기초 연습은 된 듯하니 시뮬레이션 연습을 해 보는 건 어때?

나우스 시뮬레이션 연습이라니?

미지수지 연습에 최적화된 공간에서 실제로 스키를 타듯이 연습하는 거야.

나우스 그런 게 있어?

미지수지 스키장에서 제공하는 연습 아이템을 선물로 받았어. 해 볼래요?

연산균 그럼 좋지.

미지수지　실제 공간이 필요하니 뒤로 물러서.

미지수지는 아이템팔찌를 열더니 작은 도구상자를 꺼냈다. 도구상자에는 작은 구슬이 가득했다.

나우스　뭐야? 뭐 대단한 장치라도 있는 줄 알았더니 작은 구슬뿐이잖아. 그 구슬로 뭘 한다는 거야?

미지수지　모르면 가만히 있어. 점은 모든 공간을 만드는 기초야. 이 메타버스 세계도 따지고 보면 픽셀이라는 점이 만든 가상공간이잖아.[6]

미지수지가 면박을 주자 나우스는 멋쩍게 웃으며 머리를 긁적였다. 미지수지는 구슬을 하나 꺼내 손가락으로 튕겼다. 구슬은 허공에 점처럼 떠서 곧게 날아가다가 멈췄다. 또 다른 구슬을 손가락으로 튕기자 역시 허공으로 날아가 멈췄다. 두 구슬은 서로 신호를 주고받더니 구슬과 구슬이 곧게 이어지면서 선분[7]이 되었다. 미지수지는 도구상자에서 구슬을

---

6 공간 : 점이 움직이면 선(직선, 곡선)이 되고, 선이 움직이면 면(평면, 곡면)이 되고, 면이 움직이면 입체도형 또는 공간이 된다. 점은 0차원, 선은 1차원, 면은 2차원, 공간은 3차원이다. 우리가 사는 공간은 3차원이다. 4차원이란 공간에 시간이 결합한 차원을 지칭한다.

7 선분 : 두 점 사이를 가장 짧게 그은 선.
직선 : 선분을 양쪽으로 끝없이 늘인 선.
반직선 : 직선 위에 놓인 한 점에서 한쪽으로만 뻗은 직선.

꺼내 연신 허공에 던졌다. 모든 구슬은 일정한 지점까지 날아간 뒤에 허공에 멈췄고, 구슬과 구슬은 서로 곧게 이어져 선분이 되었다. 선분은 어지럽게 허공에 떠 있는데 단 하나도 서로 만나지 않았다.[8]

미지수지는 선분 개수를 확인하더니 이제까지 던진 구슬과는 다른 특이한 구슬을 꺼냈다. 그 구슬의 크기는 어떤 구슬보다 작아서 마치 아무런 공간을 차지하지 않은 듯했다. 미지수지가 구슬에 검지를 대자 샛별처럼 강한 빛을 뿜어냈다. 손끝에서 빛이 번쩍이니 마치 미지수지가 마법사처럼 보였다. 미지수지는 손끝을 들더니 입으로 숨결을 불어 넣었다.

반짝이는 점은 천천히 움직였다. 점이 움직이는 곳에는 선이 계속 나타났다. 빛이 만든 선은 기존에 만든 선들의 중점[9], 즉 선분을 정확히 이등분하는 지점을 가로질렀다. 기존에 있던 선들은 빛나는 선과 단단히 결합하였고, 곳곳에 교점[10]과 교각[11]이 만들어졌다. 교점이 만들어지자 그 지점은 밝게 빛났다. 교각 중에서 절반은 직교[12]였고, 나머지 절반은 그 각이 불규칙했다. 그러나 빛나는 선이 기존 선을 만날 때 정확히 직선으로 지나가기에 서로 마주 보는 맞꼭지각[13]은 그 크기가 같았다.

---

8 꼬인 위치 : 공간에서 두 직선이 만나지도 평행하지도 않는 상태.

9 중점 : 선분을 이등분하는 점.

10 교점 : 서로 다른 선, 또는 면과 선이 만날 때 서로의 공통부분인 점.

11 교각 : 두 직선이 교차하여 만든 각.

12 직교 : 두 직선이 만나는 각이 직각(90°)인 교각.

13 맞꼭지각 : 교각 중 서로 마주 보는 각. 두 직선이 만나서 형성되는 맞꼭지각은 그 크기가 같다. 평행한 두 직선을 한 직선이 지날 때 동위각과 엇각은 그 크기가 서로 같다.

빛나는 선이 모든 선분과 만나자 모든 교점에서 강한 빛이 났다. 선분은 빛을 내뿜으며 이동했고, 이동할 때마다 면이 나타났다. 다양한 굴곡을 지닌 면이었다. 미지수지는 기본 평면이 만들어지자 도구함에 든 구슬들을 평면 위로 집어 던졌다. 구슬은 점처럼 떠다니다가 다양한 평면을 만들었다.[14] 엇갈린 위치에 놓인 세 가지 구슬이 어울려서 한 평면을 만들기도 하고, 직선 밖에 있는 한 점과 직선이 만나 새로운 평면을 만들기도 했다.[15] 수많은 평면은 불규칙한 방향으로 움직였고, 평면이 움직이자 입체 공간이 만들어졌다.

나우스 다 된 거야?

미지수지 하나만 하면 끝나.

미지수지는 다시 구슬을 한 움큼 움켜쥐더니 있는 힘껏 허공에 던졌다. 구슬은 하늘로 높이 올라가다가 원형을 이루며 멈췄다. 구슬들은 원 중심을 가로지르며 서로 연결되었다. 가운데 지점에 수많은 선분이 교차했다.[16] 선분과 선분이 만들어 낸 각은 모두 똑같았다. 교차한 선분은 천

---

14 평면 : 어느 방향이든 직선을 그을 수 있는 성질을 지닌 면.

15 평면을 결정하는 조건.
① 한 직선 위에 있지 않은 세 점
② 한 직선과 그 직선 밖에 있는 한 점
③ 한 점에서 만나는 두 직선
④ 평행한 두 직선

16 한 점을 지나는 직선은 무수히 많지만 두 점을 지나는 직선은 하나뿐이다.

천히 회전하다가 헬기 날개처럼 빠르게 돌았다.

미지수지 이제 됐어요.

연산균 어떻게 하면 돼?

미지수지가 어깨를 으쓱하며 손짓하자, 회전하는 원 중심부에서 실이 한 가닥 나왔다. 그 실은 회전체와 정확하게 직각을 이루었고, 연산균과 가장 가까운 거리로 이어진 선이었다.[17] 회전체 바깥 지점에서는 여러 가닥으로 실이 뻗어 나오더니 연산균 몸에 연결되었다. 마치 꼭두각시 인형을 조종하기 위해 연결한 실 같았다.

연산균 이게 뭐야?

미지수지 연습을 도와주는 장치예요.

연산균 몸은 점과 선분이 만들어 낸 공간으로 올려졌다. 연산균이 올라가자 공간이 마구 흔들리더니 초보자용 스키장으로 바뀌었다. 회전체는 부드럽게 움직이며 연산균을 이끌었고, 연산균은 자기 의지와 상관없이 회전체에 끌려서 스키를 타는 연습을 했다. 공간은 끊임없이 움직이며 연산균이 적절한 동작을 연습하도록 했고, 동작을 제대로 하지 못하면 회전체에서 내려온 선들이 꼭두각시를 조종하듯이 작동하며 제대로

17 거리 : 두 점을 잇는 선 중에서 가장 짧은 길이인 선.

자세를 잡도록 도왔다. 처음에는 어색해하던 연산균은 연습 상황에 빠르게 적응했고, 초보자용은 능숙하게 섭렵했다.

미지수지 중급으로 올릴까요?
연산균 좋아!

미지수지가 도구함을 건드리자 회전체는 더욱 빠르게 돌았고, 점과 선과 면이 만나 형성된 공간이 뒤틀리더니 초보자용 스키장보다 더 기울어진 공간을 만들어 냈다. 연산균은 조금 버거워하면서도 열심히 연습했고, 제법 능숙하게 과제를 해냈다.

황금비 재미난 장비네.
미지수지 왔어?
황금비 모둠장, 지쳐 보이는데….
나우스 내가 보기에도 이 정도면 연습은 충분해.

미지수지가 도구함을 만지자 회전체가 연산균을 밖으로 끌고 나왔다. 연산균은 지쳤지만 기분은 좋아 보였다.

황금비 혹시 이거 스노보드 하프파이프도 가능해?
나우스 하프파이프가 뭐야?

황금비 원통을 세로로 자른 반원통 모양 비탈을 따라 내려가면서 다양한 기술을 선보이며 자유롭게 타는 스노보드 종목이야.

미지수지 어려울 거 없지.

미지수지가 도구함을 조작하자 반원통 모양으로 공간이 변하더니 한쪽이 위로 오르며 경사가 심해졌다. 황금비는 아이템팔찌를 열어 스노보드를 착용했다. 회전체가 날아오더니 황금비를 잡아서 반원통 모양으로 끌어올렸다. 황금비는 반원통 모양 끝에 걸쳐 앉았다.

황금비 이 거추장스러운 선은 분리해 줘.

미지수지 괜찮겠어?

황금비 움직임에 방해될 뿐이야.

선이 분리되자 황금비는 발돋움하더니 원통 왼쪽으로 가속하며 내려갔다. 원통 끝에서 허공으로 뛰어오르더니 몸을 세 바퀴나 회전했다. 다시 원통을 타고 반대 방향으로 가더니 이번에도 세 바퀴를 회전했다. 떨어진 속도 그대로 반대 방향으로 이동해서 이번에는 몸을 옆으로 두 바퀴 회전하고는 안정된 자세로 원통 끝에 도착했다. 구경하던 미지수지와 나우스, 연산균은 손뼉을 치며 놀라워했다. 황금비는 스노보드를 벗더니 왼손으로 *V*자를 그려 보였다.

고난도　다들 어딨어?

숙소에 머물고 있던 고난도에게서 연락이 왔다.

나우스　연습하러 나간다고 했잖아.

고난도　연습을 도대체 어디서 하는 거야?

나우스　초보자 연습 구간에 와 있어.

고난도　그래? 그런데 너희들 모습이 안 보이는데?

미지수지　내가 스키 훈련장을 설치해서 안 보이는 거야.

미지수지가 도구상자를 만지자 연습장이 흔들리면서 공간이 면이 되고, 면이 선에서 점으로 돌아갔다. 미지수지는 구슬을 거둬들인 뒤 도구상자를 아이템팔찌에 넣었다.

고난도　어, 이제 보인다. 내가 그리로 갈까, 아니면 이쪽으로 올래?

그때 수백 채가 넘는 나무집 안에서 분주한 움직임이 일어났다. 수많은 현관문이 열리며 화려하게 치장한 아바타들이 두 손에 스키 장비를 들고 밖으로 쏟아져 나왔다.

미지수지　이제 스키를 타러 가야 하니 우리가 그쪽으로 갈게.

일행은 고난도가 기다리는 숙소 앞으로 이동했다. 그때 피라미드처럼 높이 솟은 산꼭대기에 붉은 점 하나가 나타났고, 숲이 끝나는 곳에서는 푸른 점 하나가 번쩍였다.

나우스 리프트가 만들어지나 봐.

연산군 서둘러 가자. 나도 빨리 타고 싶어.

붉은 점과 푸른 점은 빛을 뿜으며 서로 신호를 주고받았다. 처음에는 신호가 구불구불했으나 시간이 갈수록 점점 곧게 변했다. 신호가 두 점을 잇는 최단 거리를 이루는 직선을 찾아내자, 붉은 점과 푸른 점에서 강렬한 빛 알갱이가 서로를 향해 날아갔다.

파란 점에서는 파란 빛 알갱이가, 붉은 점에서는 붉은 알갱이가 튀어 나왔는데 허공에서 서로 뒤엉켰다. 빛 알갱이들이 얽히며 허공에 단단한 직선이 만들어졌다. 그 직선은 붉은 점과 푸른 점을 잇는 최단 거리였다. 이어서 연거푸 산 정상과 평지 사이에 같은 색으로 빛나는 점이 나타나고 평행한 직선이 줄줄이 이어졌다.

푸른 점과 붉은 점이 얽혀 만들어진 평행한 직선들은 나무집에서 나온 아바타 위를 가로질렀다. 아바타들이 수신호를 보내자 직선을 이루는 푸른 점과 붉은 점이 밝게 빛나더니 아바타에서 가장 가까운 곳에 있는 점이 분홍빛으로 바뀌었고, 분홍색 선이 아바타를 향해 내려왔다. 아바타 몸에 선이 자석처럼 달라붙더니 공중으로 아바타를 끌어올린 뒤 스키장 리프트처럼 아바타들을 산 쪽으로 실어 날랐다. 그 가운데 일부는 구릉지에서 내렸고, 또 일부는 산 입구에서 내렸으며, 극히 일부는 산 중턱에서 내렸다. 구릉지는 스키 실력이 중급인 아바타, 산 입구는 상급, 산 중턱은 최상급들이 타는 곳이었다. 리프트가 산 정상까지 이어져 있음에도 그곳까지 가는 아바타는 아무도 없었다.

고난도　연습은 잘했어?

연산군　도와준 덕분에.

미지수지는 늘 들고 다니는 거울을 들어 자기 얼굴을 살폈다. 하얀 눈송이 한 점이 픽셀이 되어 미지수지가 든 거울에 떨어졌다. 미지수지는 눈송이를 손끝으로 툭 건드리더니 거울을 아이템팔찌에 넣었다.

미지수지　나우스는 중급에서 탈 거지?

나우스　두 번쯤 타 보고 상급에 도전해 보려고.

연산군　나는 초급 구역에서 타야겠지?

미지수지　연습과 실전은 다르니까. 금비는 이번에도 최상급으로 갈 거야?

황금비　당연하지. 그 아래는 재미가 없어.

미지수지　넌 참 대단하다. 고난도는 어디서 탈 거야?

고난도　산꼭대기.

미지수지 거기는 최상급들도 안 가는데, 괜찮겠어?

황금비 만용은 부리지 말고.

고난도 수상스키 타는 것 봤잖아. 나한테 스키는 가벼운 놀이야.

미지수지 스키는 금비가 더 잘 타지 않아?

고난도 산 정상에도 못 가는 실력으로 무슨….

고난도가 황금비 자존심을 건드리자 황금비가 발끈했다. 황금비가 전투행성을 누빌 때, 눈 덮인 설원에서도 전투를 치러 봤기에 스키는 아주 익숙했다.

황금비 너도 꼭대기에서는 한 번도 안 타 봤잖아?

고난도 너희들과 갔을 때는 일부러 아래서 논 거지. 이번에는 지난 번 사건으로 쌓인 피로도 풀 겸 제대로 즐겨 보려고.

황금비 좋아. 네가 그렇게 나오면 나도 질 수는 없지.

황금비는 주먹을 꽉 쥐더니 손을 펴며 입으로 바람을 불었다. 마치 요정들이 뿌리는 마법 가루와 같은 불꽃이 손바닥에서 허공으로 흩어졌다.

나우스 너희들, 너무 무리하지 마라.

연산균 그래, 얘들아! 스키장에서는 그냥 스키를 즐겨. 괜히 모험하지 말고.

고난도 짜릿하게 즐기지 않으려면 이곳까지 왜 스키를 타러 오겠어.
그냥 게임 속에 들어가서 대충 타는 흉내나 내고 말지.

황금비 타다가 실패하면 자기만 손해지 뭐.

차갑게 대꾸했지만, 황금비는 고난도를 걱정하는 마음을 표정으로 고스란히 드러냈다.

고난도 내 걱정하지 말고 너나 걱정해.

연산균 아무래도 안 되겠어.

연산균은 아이템팔찌를 열어서 종이상자를 꺼냈다. 겉면에 먹음직스러운 케이크 그림이 그려져 있었다.

# 02. 직각삼각형과 평행선의 이중주

## : 작도와 합동 :

무슨 대단한 기능을 지닌 아이템을 꺼내는 줄 알았던 미지수지를 비롯한 두레꾼들은 연산균이 케이크를 꺼내자 피식피식 웃었다.

미지수지 이건 그냥 케이크잖아요. 메타버스에서 음식을 먹으면 실제 사람도 배가 부를 거로 생각하는 건 아니죠?

연산균 이 케이크는 그냥 보기 좋게 만든 허세뿐인 아이템이 아니야.

미지수지 어쨌든, 케이크잖아요.

연산균 보통 케이크가 아니라니까. 이래봬도 생체물약 기능을 크게 강화한 초강력 아이템이야. 얼마 전에 위험한 일을 겪으며 생체물약보다 강하게 아바타를 보호하는 아이템이 필요하단 생각이 들었지. 이건 기존 생체물약과 달리 미리 먹어도 일정 기간 강력한 보호기능이 작동해. 물론 알짜힘이 줄어들었을 때 먹어도 효과가 좋고.

연산균이 두레꾼들을 걱정하는 마음 씀씀이가 느껴져 다들 웃음을 거두고 고마움을 표했다.

미지수지 케이크를 그냥 먹으면 되는 거죠?

미지수지가 수저를 꺼내더니 케이크를 먹으려고 했다. 연산균은 미지수지 손을 잡으며 케이크를 못 먹게 막더니 상자에서 '컴퍼스'와 '눈금 없는 자'를 꺼냈다.

연산균 케이크에는 중심에서 외각으로 가며 다양한 성분이 들어있어. 그래서 어느 한쪽만 먹으면 균형이 안 맞아서 효능이 떨어지지. 안쪽부터 바깥까지 균일하게 먹어야 해.

미지수지 균일하게 먹어야 한다면 피자처럼 쪼개서 주지 왜 통으로 돼 있는 거예요?

연산균 통으로 사면 깎아줬거든.

미지수지 그럴듯한 이유네요.

나우스 케이크 중심에 점 하나가 찍혔으니까 그것만 염두에 두고 나누면 되겠네요.

연산균 정확하게 나누지 않으면 누구는 많이 받고, 누구는 적게 받게 되잖아. 공평하게 안 나누면 괜히 다툼이 생길 수도 있어.

나우스 측정 도구도 없는데 '컴퍼스'랑 '눈금도 없는 자'로 어떻게 정확히 나눠요? 그리고 우리는 다섯 명인데 이 케이크를 정확히 5등분 하는 건 쉽지 않아요.

미지수지 대충 5등분해서 나눠 갖고 빨리 스키 타러 가요. 다른 사람이 조금 많이 가져간다고 해서 우리 중에 질투할 사람은 아무도 없으니까.

연산균 그래도 안 돼. 공평해야 해.

연산균은 단호했다. 두레짱이 그렇게 나오니 모두 따를 수밖에 없었다.

연산균 내 계획은 이래. 설명서를 읽어 보니 각을 절반으로 나누는 방법은 간단하고, 직각을 3등분하는 방법도 있어. 원은 360°고, 5명이 똑같이 케이크를 챙기려면 72°로 나눠야 하는데 72°로 나누는 방법은 너무 복잡해서 설명서를 봐도 잘 모르겠어. 그래서 쉽고 간단하게 나누는 방법을 생각해 봤어. 먼저 케이크를 절반으로 나눠서 반원을 만든 다음 45°짜리로 4등분을 하는 거야. 45°로 나눈 케이크는 나 빼고 너희들이 하나씩 나눠 가져. 나머지 반원은 90°씩 두 조각으로 나눈 다음, 90°짜리 조각을 다시 3등분 하면 총 6조각이 나와. 6조각 중 4조각은 각자 하나씩 나눠 갖고, 내가 남은 2조각을 가질게.

미지수지 그러면 우리는 75°씩 갖고, 두레짱 오빠는 60°만 갖는 거잖아. 그건 불공평해. 차라리 대충 눈대중으로 나누는 게 더 나아.

연산균 난 괜찮으니까 이렇게 해.

연산균은 유난히 고집을 부렸다. 케이크를 산 연산균이 자신이 손해를 보겠다니 다들 그 의견에 따를 수밖에 없었다.

황금비 알았으니까 빨리 나눠. 다들 스키장으로 올라가잖아. 우리도 빨리 가야지.

연산균 알았어. 빨리할게.

연산균은 눈금 없는 자를 들더니 중심점을 지나는 직선을 그었다. 케이크 위에는 원 중심을 지나는 지름이 생겼다. 연산균은 컴퍼스를 들더니 케이크 반지름보다 살짝 크게 벌렸다. 그러고는 지름 한쪽 끝에 컴퍼스 기준 축을 대고 반원을 그렸다. 똑같은 방법으로 반대쪽 끝에 컴퍼스 기준 축을 대고 반원을 그렸다. 그러자 반원과 반원이 만나는 점이 두 개가 만들어졌다.[18]

미지수지 만나는 점 두 개를 이으면 정확하게 원 중심을 지나네. 수직이기도 하고. 이대로 자르면 90°로 정확히 잘린 케이크가 네 개가 나와.

나우스 90°를 정확하게 반으로 나누려면 어떻게 해야 하죠?

연산균은 답은 하지 않고 케이크 면과 수평이 되도록 딱딱한 종이를 댔다. 부채꼴 한쪽 끝점에 컴퍼스 기준 축을 대더니 종이 위에 동그랗게 표시했다. 다시 부채꼴 다른 한쪽 끝점에서도 같은 동작을 반복했다. 종이 위에는 각 부채꼴 끝점을 중심으로 한 반원이 서로 만나는 점이 하나 나타났다. 연산균은 눈금 없는 자로 그 점에서 원 중심으로 직선을 쭉 그었다.[19]

---

18 선분을 절반으로 나누기. 수직 이등분선 긋기. 90° 작도법은 모두 동일하다.

① 단계 : 지름 양쪽 끝점에 컴퍼스 기준점을 대고 살짝 긋는다.

② 단계 : 만나는 두 점을 잇는 직선을 긋는다.

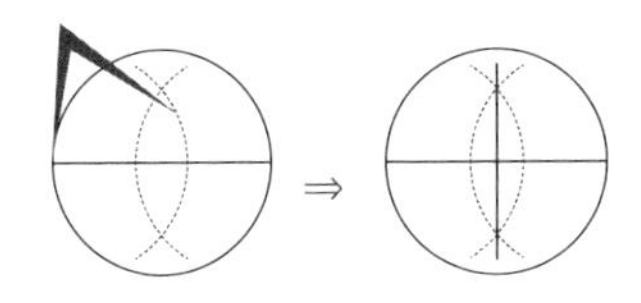

19 각을 2등분 하는 방법

① 단계 : 중심각에서 같은 거리에 있는 점에 컴퍼스 중심점을 대고 살짝 긋는다.

② 단계 : 교점과 중심점을 연결한다.

미지수지　그렇구나. 정확히 절반이네. 이 선 위에 위치한 그 어떤 점이든 양쪽 부채꼴 끝점까지 거리를 재도 똑같으니까 90°의 절반인 45°일 수밖에 없겠네.

연산균은 다른 90°짜리 부채꼴 모양 케이크도 45°로 나눴다.

미지수지　절반으로 나누는 거야 쉽지만, 90°를 다시 3등분하는 건 쉽지 않아 보이는데.

연산균　반지름을 이용하면 쉬워.

연산균은 컴퍼스를 정확하게 원의 반지름에 맞게 벌렸다. 부채꼴 한쪽 끝점에 컴퍼스 기준 축을 대더니 원 중심과 부채꼴 호를 지나도록 반원을 그렸다. 그다음에 다른 부채꼴 한쪽 끝점에서 같은 방식으로 원을 그렸다. 마지막으로 케이크 경계선과 만나는 점에서 중심점을 향해 줄을 그었다. 케이크 경계선과 만나는 점이 두 개였으므로 선을 두 개 그렸고, 케이크는 3등분이 되었다.[20]

---

20　90°를 3등분 하는 방법

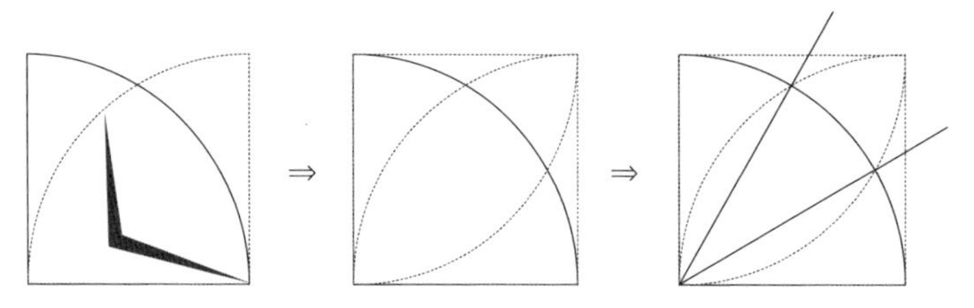

미지수지 이게 30°인 거야? 각을 절반으로 나누는 거는 금방 이해가 되는데 이게 정확히 30°인지는 잘 모르겠는데….

연산균 여기 설명서가 있으니까 한번 봐 봐.[21]

미지수지는 설명서를 보더니 감탄을 했다.

미지수지 와! 정말 정확히 3등분이야.

연산균 따지고 보면 원리는 간단해. 컴퍼스는 거리가 같은 점을 무수히 찍는 거나 마찬가지고, 그 특성을 이용하면 각도기 없이 특정한 각을 만들 수 있는 거야.

황금비 감탄은 그만하고 이제 케이크를 각자 챙겨, 빨리 타러 가자.

---

21 세 각이 30도로 같다는 점 증명.

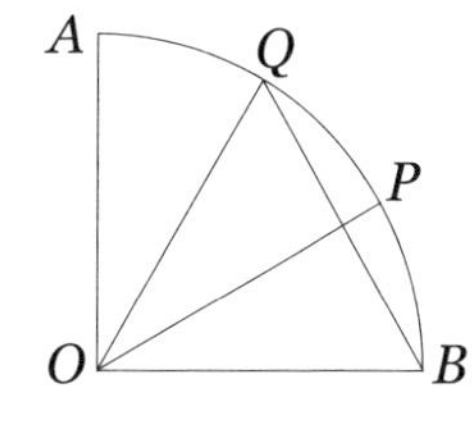


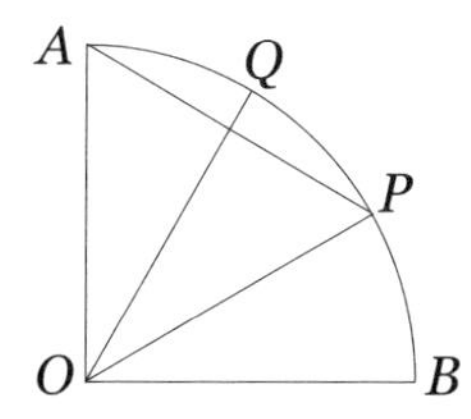


① 삼각형 $AOP$, $BOQ$는 모두 정삼각형이다. (세 변의 길이가 모두 같기 때문에)

② 정삼각형이므로 $\angle AOP = 60^\circ$, $\angle BOQ = 60^\circ$

③ $\angle AOP + \angle BOQ = 120^\circ$

④ $\angle AOP = \angle AOQ + \angle QOP$ 이고 $\angle BOQ = \angle BOP + \angle QOP$ 이다.

⑤ $\angle AOP + \angle BOQ = \angle AOQ + \angle QOP + \angle BOP + \angle QOP$

⑥ $\angle AOQ + \angle QOP + \angle BOP$ 는 $\angle AOB$와 같은데, $\angle AOB$는 $90^\circ$

⑦ $\angle AOB + \angle QOP = 90^\circ + \angle QOP = 120^\circ$

결론. $\angle QOP = 30^\circ$. 따라서 $\angle AOQ$와 $\angle BOP$도 $30^\circ$

다들 정해진 몫만큼 케이크를 챙겨서 아이템팔찌 속 생체물약 보관함에 넣었다. 생체물약 보관함은 아이템팔찌에서 가장 접근하기 쉬운 자리였다.

황금비　　다들 준비됐지?

황금비는 양손 엄지와 검지로 동그라미 두 개를 그린 뒤 머리 위로 지나는 직선을 향해 손을 흔들었다. 붉은 점과 푸른 점이 얽혀서 만든 직선에서 번쩍번쩍 빛이 흐르더니 분홍색 선이 일행을 향해 내려왔다. 분홍색 선에 몸을 연결하고 황금비가 위로 오르자 그 뒤를 고난도, 나우스, 미지수지, 연산균이 뒤따라 올랐다. 붉은색과 푸른색이 엉켜서 만든 그 직선은 현실 스키장의 리프트와 같은 기능을 하며 아바타들을 각자 원하는 곳에 내려 주었다. 얼마 올라가지 않아 연산균이 내리겠다는 신호를 했다.

연산균　　잘 놀다 와. 나는 초보 구역에서 탈게.

나우스　　두레짱 님, 조금 타 보고 괜찮으면 중급으로 올라오세요.

연산균　　알았어.

연산균이 일행에게 세차게 손을 흔들더니 초보 구역으로 내려갔다. 연산균이 내린 뒤 리프트 줄은 빠르게 구릉지 끝자락으로 움직였고, 나우스가 그곳에서 내린다는 신호를 보냈다. 미지수지도 내릴 준비를 했다.

미지수지 나도 여기서 내릴래.

황금비 재미있게 즐겨.

미지수지 둘 다 너무 무리하지 마.

고난도 걱정 붙들어 매셔.

미지수지가 줄에서 내리고 황금비와 고난도에 연결된 선은 빠른 속도로 산 쪽으로 이동했다. 최상급 구간에서 몇 명이 내리자 이제 황금비와 고난도만 리프트 선에 남았다.

황금비 너, 무리하는 거 아니지?

고난도 너야말로.

황금비 나는 이보다 더한 데서 스키를 타며 전투도 치러 봤어.

고난도 전투행성에서 갈고닦은 솜씨가 어느 정도인지 보자고.

고난도는 여전히 싱글벙글하였다. 황금비는 고개를 절레절레 흔들더니 눈을 찡그렸다. 진한 구름과 눈보라 때문에 점점 시야가 가려졌다. 고글을 쓰고 아이템팔찌를 열었다. 전투행성에서 사용하던 장비는 쓸 수 없었다. 전투행성에서 쓰는 스키 장비는 성능이 훨씬 뛰어나기에 일반 스키 장비가 조금 아쉽기는 했다. 그래도 이곳에서는 자신을 공격하는 적은 없기에 훨씬 편한 상황이었다. 스키 장비를 꺼내 착용하자 신경연결망을 통해 짜릿한 기대감이 맹렬하게 흘렀다.

황금비 케이크를 미리 먹는 건 어때?

고난도 너나 먹어.

황금비 칫, 자존심 세우기는….

황금비는 케이크를 미리 먹을까 하다가 그만두었다. 전투행성에서 이미 경험했기에 자신이 다칠 걱정은 전혀 하지 않았다. 다만 고난도가 괜히 만용을 부리는 듯해서 염려스러울 뿐이었다. 고난도는 그런 황금비는 아랑곳하지 않고 스키를 탈 준비를 했다. 준비 과정이 능숙했고 험악한 산세에도 전혀 주눅이 들지 않았다. 머뭇거림 없는 동작에 황금비는 고난도를 향한 염려를 조금은 내려놓았다. 황금비도 탈 준비를 했다. 부츠와 플레이트가 연결된 부위를 점검하고, 플레이트를 가볍게 흔들었다. 발과 하나가 된 플레이트가 신경연결망을 따라 지시대로 움직였다. 스키장갑은 손과 밀착하면서도 보온기능이 뛰어났고, 폴을 쥔 느낌이 편안했다. 두 손에 쥔 폴을 가볍게 흔들었다. 몸과 하나가 된 듯 자연스러웠다.

고난도 나 먼저 갈게.

황금비 지나치게 위험한 도전은 하지 마.

고난도 걱정도 팔자네.

고난도는 직선 끝에 다다르기 직전에 아래로 뛰어내렸다. 산 정상 바로 아래라 그런지 경사각은 70°나 되었다. 떨어지는 순간에 제대로 균형을 잡지 못하면 아바타 알짜힘이 곧바로 소진될 만큼 큰 사고가 날 위험도 있었다. 고난도는 두 팔을 새처럼 벌리고, 양발에 장착한 플레이트를 완벽한 평행상태로 유지하고, 무릎을 쭉 편 채 70°나 되는 경사진 산비탈로 뛰어내렸다. 꽤 높은 곳에서 산비탈로 떨어졌기에 충격이 클 만도 한데 고난도는 무릎을 평각에서 예각으로 사뿐히 구부리며 떨어진 충격을 흡수했다. 고난도는 흔들림 없는 자세로 착지하자마자 엄청난 가속도로 산비탈을 타고 내려갔다.

황금비　　허풍은 아니네.

황금비도 곧바로 줄을 끊고 바닥으로 뛰어내렸다. 고난도보다 살짝 위쪽으로 내린 황금비는 부드럽게 착지한 뒤에 고난도가 내려간 길로 따라 내려갔다. 고난도는 꽤 멀어져서 점처럼 보였다. 점이 움직이며 선을 만들어 냈는데, 직선일 때는 빠르게 내려가고 곡선일 때는 속도를 줄이며 눈 위에 긴 선을 만들어 냈다. 내려갈수록 곡선은 사라지고 점점 직선이 많아졌다. 눈 위에 남은 자국은 고난도가 얼마나 뛰어난 스키 실력자인지 보여 주었다.

고난도　　내 말 들려?

빠른 속도로 내려가는데 고난도가 갑자기 말을 걸었다.

황금비 스키에 집중해.

고난도 이 정도는 껌이야.

황금비 자만심은 사고를 불러와.

고난도 여기는 자만심을 부리고 말고 할 난이도가 아니야.

황금비 왜 연락했어?

고난도 오른쪽으로 갈 생각인데 어때?

황금비도 이 산이 어떻게 생겼는지는 어느 정도 파악을 하고 있었다. 오른쪽으로 틀면 스키장이 아니다. 그곳은 알프스산맥을 그대로 옮겨 놓은 험악한 지형으로 어떤 위험이 기다릴지 정확히 모른다. 긴장감이 치솟아서 스키를 타는 맛은 극대화하겠지만 그만큼 위험했다.

고난도 싫어?

황금비 감당할 수 있겠어?

고난도 재밌잖아.

황금비 무모한 짓은 하지 마.

고난도 선택할 순간이야. 난 간다.

고난도는 갑자기 큰 호를 그리며 방향을 오른쪽으로 틀었다. 그곳에는 조금 높은 언덕이 있었는데 고난도는 그 언덕을 타고 넘었다. 내려오던 속력이 워낙 빨랐고 언덕이 도약대와 같은 역할을 했기에 고난도는 하늘로 치솟았다. 고난도는 몸을 비틀며 재주를 부렸다. 자칫 위험할 수도 있는 몸놀림이었지만 아주 능숙했다. 몸을 세 바퀴나 회전한 뒤에 땅으로 내려섰다. 황금비가 스노보드 하프파이프에서 보여 줬던 동작처럼 유연하고 아름다웠다. 조금 떨어진 곳에서 그 모습을 본 황금비는 자신도 모르게 감탄사를 터트렸다. 허공에서 재주를 부리며 언덕을 넘어서자 고난도 몸이 황금비 눈에서 사라졌다.

고난도　　와! 신난다!

고난도 목소리를 들으니 무사히 착지한 모양이었다.

황금비　　미쳤어!

황금비는 어쩔 수 없이 고난도 뒤를 따랐다. 고난도가 뛰어넘은 언덕을 황금비도 그대로 타고 넘었다. 황금비는 재주를 부리지 않고 플레이트 앞은 벌리고 뒤는 모아서 역 *A*자 모양으로 예각을 만들었다. 몸은 바짝 숙여서 플레이트와 예각을 만들고 팔은 뒤로 쭉 뻗어 균형을 유지했다. 날개를 접은 한 마리 새처럼 황금비 몸이 하늘로 치솟아 긴 거리를 날아갔다.

워낙 빠르고 멀리 날아갔기에 고난도와 거리가 금세 좁혀졌다. 고난도는 울퉁불퉁한 바위는 피하고 평평한 곳만을 골라서 능숙하게 스키를 타고 내려갔다. 둘이 너무 바짝 붙으면 위험한 상황이 올 수도 있기에 황금비는 적당한 거리를 유지한 채 고난도가 내려간 길을 따랐다. 그러다 점점 묘한 승부욕이 일어났다. 고난도가 이미 내려간 길만 따라가니 자존심이 상했다. 황금비는 몸을 틀어 고난도가 내려가지 않은 길을 택했다. 바위와 절벽이 더 많았지만 그만큼 더 짜릿했다.

고난도 무슨 소리 안 들렸어?

황금비 아직 위험한 데가 많아. 스키에 집중해.

고난도 폭발음이었는데….

황금비 무슨 소리….

그때 황금비 귀에도 소음이 똑똑히 들렸다. 눈이 무너지는 소리였다. 힐끗 뒤를 본 황금비가 기겁했다.

황금비 눈사태야!

어마어마한 눈사태였다. 산을 뒤덮을 듯한 기세로 눈더미가 휩쓸고 내려왔다. 스키를 타고 내려가는 속도보다 훨씬 빨랐다. 그대로 가다가는 눈더미에 휩쓸릴 수밖에 없었다. 그렇게 되면 모든 알짜힘은 순식간에 소진되고 아바타도 소멸한다.

황금비　이대로는 따라잡혀.

고난도　저기 바위 보이지. 그 아래로 몸을 피하자.

눈사태를 피할 적절한 방법인지 따질 여유가 없었다. 황금비와 고난도는 나란히 달리다가 좌우로 몸을 튼 뒤에 급격하게 방향을 꺾어서 바위 아래로 들어갔다. 워낙 빠르게 질주했기에 하마터면 서로 충돌할 뻔했지만, 가까스로 엇갈리며 서로 팔을 잡았다. 바위 아래에서 힘들게 멈춘 뒤에 몸을 바위에 바짝 붙였다. 그와 거의 동시에 눈더미가 바위 위를 폭포처럼 뒤덮었다. 엄청난 눈덩이와 돌무더기가 강한 충돌음을 일으키며 지옥 같은 풍경을 만들어 냈다. 바위 아래에 숨은 황금비와 고난도에게도 돌가루와 눈 뭉치가 날아왔다. 둘은 몸을 최대한 숙이고 바위에 붙은 채 위험이 지나가기만 기다렸다.

아이템팔찌를 열어 연산균이 준 케이크를 먹으려다가 그만두었다. 왜냐하면 눈사태에 휩쓸리면 눈 밑에 깔린 채 오래도록 갇혀서 고통을 당할지도 모른다는 걱정 때문이었다. 만약 눈더미에 휩쓸리면 아바타가 소멸하도록 두는 게 나았다. 아이템팔찌에 보관한 아이템을 모두 잃고, 아바타가 쌓아 온 능력도 사라지겠지만 어쩔 수 없었다.

고난도　아무래도 그냥 눈사태가 아니야.

눈사태가 차츰 진정되면서 소음이 잦아들자 고난도가 입을 열었다.

황금비　그냥 눈사태가 아니라면….

고난도　누가 고의로 산을 폭파했어. 눈에 뒤섞인 돌덩어리들을 봤잖아. 폭발음도 들렸고.

황금비　도대체 누가 그런 짓을….

그런 짓을 할 사람이 없다고 하려다가 얼마 전에 겪은 일이 떠올라 황금비는 입을 앙다물었다.

황금비　설마 이것도 피타고$X$ 일당이 저지른 짓일까?

고난도　그럴 가능성이 크지.

황금비　그럼 친구들이 위험해. 그들이 우리만 노리지는 않을 테니.

고난도　스키장에서는 보는 눈이 많아서 함부로 하지는 못할 거야.

황금비　빨리 친구들한테 돌아가자.

주변을 살펴보니 눈사태는 거의 끝난 듯했다. 왼쪽으로 가면 산비탈이 완만해서 스키장 입구로 연결되는 평지까지 안전하고 빠르게 내려갈 수 있었다.

황금비　왼쪽 산비탈을 타고 내려가자.

황금비가 먼저 출발하려고 몸을 일으켰다.

고난도 자… 잠깐만.

황금비 왜 그래?

고난도 이상한 소리가 들려.

황금비 또 눈사태야?

고난도 그건 아니고…. 이런… 저들이었어.

먼 하늘에서 점이 하나 나타났다. 점은 점점 커지더니 그 형태를 드러냈다. 큰 풍선에 바구니가 달린 열기구였다. 열기구에는 너클리드와 비례 요정이 타고 있었다. 얼굴을 알아볼 만한 거리까지 다가오더니 열기구가 멈췄다.

황금비 빨리 빠져나가자. 여기 머문 채 저들과 대화를 나눠 봐야 좋을 게 없어.

고난도도 같은 의견이었다. 둘은 재빨리 출발하려고 했지만 그럴 수가 없었다. 열기구에서 너클리드가 던진 카드 때문이었다. 너클리드가 던진 카드는 땅속으로 파고들며 산을 무너뜨렸다. 산을 형성하던 입체가 붕괴하고 수많은 도형과 선으로 깨졌다. 카드가 하나 박힐 때마다 산 모양은 원래 구성 요소인 선과 도형으로 분리되었다. 너클리드는 쉼 없이 카드를 투하했고, 형태가 사라져 버린 산에는 바닥을 알 수 없는 거대한 크레바스가 형성되었다. 크레바스 안에는 수많은 도형과 선이 어지럽게 날아다녔지만, 밟고 건너는 것은 감히 시도조차 할 수 없을 만큼 그것들은 빠르고 위험했다.

워낙 거대한 크레바스라 황금비와 고난도가 내려가는 길은 완전히 가로막혔다. 벗어나려면 위로 올라가야만 했다. 그러나 그 길도 이내 봉쇄되었다. 너클리드가 산 위쪽으로 카드를 던졌고, 마찬가지 상황이 벌어졌기 때문이다. 황금비와 고난도가 있는 곳은 너클리드가 던진 카드로 인해 거대한 크레바스에 둘러싸인 섬이 되어 버렸다. 붕괴한 산 형상들이 쏟아 낸 선과 도형들이 크레바스 안에서 맹렬하게 소용돌이쳤다. 이는 전에도 보았던 장면이었다. 다만 그때는 붕괴한 메타버스가 숫자 형태로 나타났다면, 이번에는 도형으로 나타난 점이 달랐다.

너클리드 지난번에 너희들이 우리한테 했던 짓을 되돌려 받았다고 생각해.

고난도 칫, 치사하게!

너클리드 그나저나 스키 타는 솜씨가 대단하네. 설마 이런 지형에서 스키를 여유롭게 타는 실력일 줄은 미처 몰랐어. 메타버스 산악 스키 대회에 나가도 될 만한 실력이야. 아, 물론 여길 빠져나간 뒤에.

너클리드는 온몸을 검은색으로 감싸고 유일하게 눈만 드러낸 옷차림이었는데, 눈에서 웃음기가 사라지지 않았다. 너클리드는 통렬하게 복수를 했다는 기쁨을 만끽하고 있었다.

고난도 　한정판 립스틱은 정말 안 줄 거예요?

비례요정 　너도 참 끈질기구나. 지금 처지에서는 구해 달라고 부탁해도 모자랄 판에.

고난도 　약속을 어겼잖아요.

비례요정 　어휴, 그 약속….

비례요정은 대화 설정을 바꾸더니 너클리드와 대화를 나누었다. 한참 의논을 하더니 비례요정이 다시 고난도에게 말을 걸었다.

비례요정 　너희들이 여기를 벗어날 수 있을지는 모르지만, 너희들이 궁금해하는 걸 하나 알려 줄게.

고난도 　그게 뭔데요?

비례요정 　너희 두레채에서 게임을 훔쳐 간 녀석을 찾아냈어.

황금비 　그게 누구죠?

비례요정 　여러 이유로 우리도 그 녀석이 필요해서 누군지는 말해 줄 수 없고, 지금 어디 있는지는 말해 줄게.

고난도 　어차피 지금 우리는 여기서 벗어나지 못하잖아요.

비례요정 그 범인을 잡고 싶으면 빨리 탈출해.

황금비 그 범인은 지금 어디 있죠?

비례요정 게임-놀이공원.

황금비 게임-놀이공원은 엄청 넓어요.

비례요정 조금 전에 1348번 영역에 있었어. 지금 가면 어렵지 않게 찾아낼 거야. 물론 여길 벗어나야겠지만.

황금비 정말 우리를 이대로 두고 갈 건가요?

비례요정 너희는 우리를 피타고$X$에게 넘겼으면서 우리한테 자비를 바라니? 이 정도에 그친 걸 고마워해. 행운을 빌게.

고난도가 말을 걸었지만 너클리드와 비례요정은 대화를 막은 채 열기구를 움직였다. 열기구는 빠른 속도로 멀어졌고, 한 점이 되더니 이내 시야에서 사라졌다. 고난도는 열기구가 사라진 하늘을 향해 손을 휘저으며 화를 냈고, 황금비는 수직으로 무너진 크레바스 아래를 내려다보며 한숨을 내쉬었다.

황금비 전에는 숫자로 분해하더니 이번에는 선과 도형으로 분해해 버렸어. 이들은 메타버스 알고리즘을 자유자재로 다뤄. 이렇게 무지막지한 파괴를 일삼는데도 관리 $AI$가 전혀 잡아내지 못하고.

크레바스 안에서는 수많은 선분과 삼각형, 사각형 등 도형들이 뒤죽박죽 엉키며 날아다니는 혼돈이 펼쳐지고 있었다. 가만히 쳐다보고 있으니 머리가 어지러울 지경이었다.

황금비 그들에게 들리지도 않는 분노는 그만 쏟아 내고, 여기서 벗어날 방법부터 찾자.

고난도 난 약속한 아이템을 안 넘기는 사기꾼들이 제일 싫어.

황금비 저들이 그 범인을 찾는 걸 보면 범인에게 중요한 비밀이 있는 거야.

고난도 하여튼 못된 악당들이야.

황금비 빨리 여길 벗어나서 그 범인을 우리가 잡아야 해.

고난도 한정판 립스틱은 내 건데….

황금비 한정판 얘기는 그만 좀 해!

황금비가 버럭 화를 냈다. 그제야 고난도는 하늘을 보던 시선을 황금비에게 돌렸다.

황금비 빨리 여길 벗어나야 그 한정판 립스틱도 찾을 거 아니야.

고난도 줘야 받지.

황금비 여기 계속 있을 거야?

고난도 소리 좀 그만 질러. 여길 건너면 되는 거잖아.

황금비　방법이 있어?

고난도　넌 경험에서 배우질 않는구나.

황금비　무슨 말이야?

고난도는 대답은 하지 않고 아이템팔찌를 열어 석궁처럼 생긴 아이템을 하나 꺼냈다.

황금비　석궁처럼 생겼네. 전투행성이 아니니 살상 무기는 아닐 테고.

고난도　무너진 공간을 단박에 넘어갈 도구야.

방아쇠 앞에 실이 낚싯줄처럼 감겼고, 활줄에는 갈고리처럼 생긴 촉이 달린 화살이 메겨 있었다.

황금비　크레바스 폭이 상당히 넓은데, 가능하겠어?

고난도　이건 사거리가 300$m$야. 크레바스 폭이 300$m$는 아니잖아.

황금비　크레바스 너머는 눈이거나 바위뿐인데 고정이 잘 될까?

고난도　걱정하지 마. 대상이 무엇이든 단단하게 고정되니까.

고난도는 석궁을 크레바스 너머로 겨냥했다.

황금비　그래도 목표지점을 신중하게 골라….

고난도는 황금비 말이 끝나기도 전에 석궁을 쏴 버렸다. 가는 실을 매단 화살은 맹렬한 속도로 크레바스 위를 날았다. 그러나 크레바스 너머에 가서 박힐 줄 알았던 화살은 크레바스 중심부도 통과 못 하고 맥없이 튕겨 나가 버렸다. 크레바스 아래에서 직선이 무한한 하늘로 치솟아 오르면서 화살을 튕겨 냈기 때문이다.[22]

전혀 예상치 못한 상황에 고난도는 살짝 당황했지만, 실이 감긴 회전판에 달린 단추를 재빨리 눌렀다. 회전판은 빠르게 돌며 실을 다시 감았고, 추진력을 잃고 크레바스 아래로 떨어지던 화살도 회수했다. 고난도는 회수한 화살을 다시 석궁에 메겼다. 석궁을 가로막은 직선은 하늘을 향해 끝도 모르게 뻗어 있었다. 고난도는 다시 직선이 없는 곳을 겨냥해 신중하게 화살을 쐈다. 화살은 빠른 속도로 크레바스 위를 가로지르며 날아갔다. 그러나 화살이 크레바스 중앙 지점을 지나갈 때 또다시 직선이 하늘로 치솟아 오르며 화살을 튕겨 냈다.

하늘로 치솟은 직선은 그 끝이 보이지 않았다. 고난도는 이번에도 재빨리 화살을 회수했다. 두 번이나 같은 이유로 실패했지만, 고난도는 포기하지 않고 다시 화살을 쏘았다. 혹시나 하는 마음으로 직선을 살짝 비켜 가도록 겨냥해서 쐈지만, 결과는 같았다. 네 번째 시도도 마찬가지였다. 석궁을 이용한 탈출은 포기하는 수밖에 없었다.

황금비 　　이건 말도 안 돼. 메타버스에서 있을 수 없는 일이야.

---

22 직선 : 직선은 서로 다른 두 점을 지나 한없이 곧게 뻗은 선이다. 직선은 그 속성이 무한하다.

고난도 황당한 일을 겪은 게 한두 번이 아니잖아.

황금비 저 직선이 크레바스 위를 통과하는 모든 걸 막을까?

고난도 그건 확인해 봐야지.

고난도는 아이템팔찌에서 부메랑을 꺼내더니 직선이 가로막지 않은 방향을 겨냥해 날렸다. 부메랑은 크레바스 위를 빠르게 날아가 중심부를 통과했다. 그리고 크레바스가 끝나는 지점까지 날아갔다가 다시 돌아왔는데 중간에 아무런 방해도 받지 않았다.

황금비 탈출에 쓰이는 도구만 못 지나가게 막나 봐. 새로운 방법을 찾아야겠어.

황금비는 아이템팔찌를 열어서 탈출에 도움이 될 만한 아이템을 찾았다. 지난번 경험을 거울삼아 전쟁 무기 외에도 여러 아이템을 장만했지만 이런 상황에서 쓸 만한 아이템은 없었다. 고난도는 크레바스에 시선을 두고 가만히 관찰했다. 눈이 어지러울 정도로 빠르게 움직이는 수많은 직선과 도형들을 꼼꼼하게 살폈다. 고난도는 어떤 특성을 발견하고는 고개를 갸웃하더니 아이템 하나를 꺼냈다.

황금비 그 낚싯대는 뭐야?

고난도 플라이 낚시할 때 쓰는 낚싯대야.

황금비　여기가 호수나 바다도 아니고 플라이 낚싯대로 뭐 하려고?

고난도　뭘 하긴, 낚아야지.

황금비는 어이가 없었지만, 딱히 다른 방법이 떠오르지 않았기에 고난도를 그대로 지켜보았다. 고난도는 낚싯줄을 길게 늘어뜨리고는 하늘을 향해 낚싯대를 휘휘 흔들었다. 길게 늘어선 낚싯줄이 현란하고 화려하게 허공을 날아다녔다. 고난도는 낚싯대를 몇 번 휘두르더니 크레바스 아래를 향해 낚싯대를 쭉 뻗었고, 낚싯줄은 공간을 가르며 우아하게 날아갔다. 날카로운 낚싯바늘이 크레바스 안을 떠도는 삼각형 하나에 꽂혔다. 낚싯바늘이 삼각형을 붙잡자 고난도는 재빨리 손잡이에 달린 회전판을 돌렸다. 삼각형은 낚시꾼에게 잡힌 물고기처럼 고난도 손에 들어왔다. 고난도는 삼각형을 황금비에게 건네주고는 다시 낚싯대를 휘둘러 삼각형 몇 개와 선분 몇 개를 잡았다.

황금비　도대체 이걸로 뭘 하려고?

고난도　그들은 메타버스를 이루는 기본 요소를 자유자재로 다뤄. 지난번이 숫자였다면 이번에는 도형이야. 도형은 우리가 보는 이 메타버스 공간과 환경을 만드는 기본 요소야. 너클리드는 메타버스를 이루는 형태를 기본 요소인 선과 삼각형, 원과 같은 기본 도형으로 깨트린 거야.

황금비　저 도형들이 메타버스 세상을 이루는 기본 요소이니 그것들을 이용하면 탈출할 수도 있겠구나.

고난도 그렇지. 모든 형태는 기본 요소가 어우러져서 만들어지니까.

황금비 그럼 이것들로 뭘 만들지?

고난도 내가 크레바스를 떠도는 도형들을 자세히 관찰했는데 독특한 특성이 있는 듯했어.

황금비 그게 뭔데?

고난도 그걸 지금 확인해 보려고.

고난도는 자신이 잡아 올린 삼각형을 서로 견줬다.

황금비 뭘 하는 거야?

고난도 서로 완전히 똑같은 삼각형을 찾는 거야.

황금비 합동인 삼각형?

고난도 그래.

황금비 삼각형의 합동 조건에 맞는 삼각형을 찾으면 되겠네. 세 변의 길이가 같거나, 두 변과 그 끼인각의 크기가 같거나, 한 변과 그 양 끝 각의 크기가 각각 같으면 돼.[23]

---

23 삼각형의 합동조건. ($S$는 변, $A$는 각.)

① $SSS$합동 : 세 변의 길이가 같다.

② $SAS$합동 : 두 변과 그 끼인각의 크기가 같다.

③ $ASA$합동 : 한 변과 그 양 끝 각의 크기가 각각 같다.

고난도와 황금비는 그 원리를 이용해 합동인 삼각형 두 개를 금세 찾아냈다.

황금비　그걸로 어떻게 하려고?

고난도　이걸 이렇게 대면….

고난도는 합동인 두 삼각형을 양손에 들더니 길이가 같은 쪽 변을 서로 붙였다. 그러자 자석이 달라붙는 힘보다 강하게 선이 달라붙었다. 달라붙는 힘이 어찌나 강한지 아무리 잡아당겨도 떨어지지 않았다.

황금비　이걸 이용하면 다리를 만들 수 있겠구나. 삼각형 무게가 전혀 느껴지지 않으니 길게 다리를 만들어서 저쪽으로 넘기면 건널 수 있겠어. 넌 정말 뜬금없는 천재라니까.

고난도　부메랑을 던졌을 때 대략 크레바스 폭이 100$m$ 정도로 측정됐어. 넉넉잡고 130$m$ 정도만 다리를 만들면 성공할 수 있을 거야.

황금비　130$m$라… 그걸 언제 다 만드냐….

고난도　방법이 없잖아. 열심히 해야지.

황금비　지금으로선 그 방법밖에 없으니…. 다리를 강하게 만들려면 정삼각형이나 이등변삼각형, 아니면 직각삼각형이 좋을 거야. 그러면 수평으로 쭉 뻗으면서도 단단한 구조물이 될 거야.

고난도 그러면 트러스교[24]가 되겠구나.

황금비 그나저나 같은 크기인 이등변삼각형이나 정삼각형, 직각삼각형이 많이 있을까?

고난도 없으면 만들면 되지.

고난도는 아이템팔찌에서 황금색 가위를 꺼냈다. 그러고는 조금 전에 붙잡은 선분을 일정한 길이로 잘라서 끝을 붙였다. 그러자 선분은 단단하게 연결되며 삼각형이 되었다. 손으로 잡아당겨도 꿈쩍도 안 할 만큼 단단했다.

황금비 넌 도대체 안 가지고 있는 게 뭐니?

고난도 부러우면 너도 한정판 수집 세계로 들어와.

황금비 그건 내 취향이 아니야.

고난도는 황금가위를 황금비에게 건네고는 낚싯대를 집어 들었다. 그러고는 아주 능숙한 솜씨로 크레바스 안을 날아다니는 삼각형과 선분을 낚았다. 던지는 족족 선분과 삼각형이 잡혔기에 순식간에 수많은 도형이 황금비 앞에 쌓였다. 황금비는 가위를 이용해 삼각형을 만들었는데 처

24 트러스교(*truss bridge*) : 삼각형이 연결된 구조물을 트러스라고 하고, 트러스 형태로 만든 다리를 트러스교라고 한다. 삼각형은 가장 안정된 구조 형태이기에 삼각형을 계속 이어붙이면 강한 구조물이 된다.

음에는 정삼각형이나 이등변삼각형을 만들려고 하다가 직각삼각형을 만들기로 방향을 바꿨다. 직각삼각형이 만들기 가장 편했기 때문이다. 직각은 일단 각도를 측정하기가 편했다. 직각을 끼인각으로 하고 두 선분을 각각 같은 크기로 자르니 똑같은 직각삼각형이 그대로 만들어졌다.[25]

직각삼각형을 이어 붙이자 직각삼각형이 길게 이어지는 트러스 구조물이 만들어졌다. 일정한 길이가 되자 구조물을 여러 방향에서 누르며 강도를 시험했다. 너비 쪽에서 눌렀을 때는 꿈쩍도 하지 않았지만, 평평한 방향에서 누르니 조금 휘어졌다. 짧은 거리는 괜찮지만 130$m$나 되는 거리가 되면 중간에 오목하게 휠 가능성이 컸다. 하는 수 없이 황금비는 똑같이 생긴 구조물을 세 개 만들었다. 두 개는 나란히 세우고 다른 하나는 위에 올려놓았다. 단단히 붙은 구조물은 완벽한 다리가 되었다.

이대로 계속 만들면 탈출할 수 있는 다리가 순탄하게 만들어질 듯했다. 그러나 예상치 못한 장애가 생기고 말았다.

황금비 빨리 좀 잡아. 재료가 부족하잖아.

고난도 도형들이 모조리 깊은 데로 들어가 버려서 붙잡을 수가 없어.

고난도는 낚싯대를 들고 이곳저곳을 살폈지만 잡힐 만한 거리에 있는 도형은 하나도 없었다.

25 $SAS$합동을 이용한 것이다. 여기서 끼인각인 $A$는 $90°$다.

황금비 이 정도 다리로는 크레바스를 넘지 못해.

고난도 다리 길이가….

황금비 60$m$쯤 돼.

고난도 60$m$면… 저 직선이 뻗은 데보다 10$m$쯤 더 간다는 말인데….

고난도는 낚싯대를 들고 쪼그려 앉아서 하늘로 치솟은 직선을 가만히 살폈다. 직선에는 몇몇 삼각형들이 달라붙어 있었다. 달라붙은 삼각형들은 조금 요동을 하다가 꿈쩍도 못 하고 직선에 고정되었다.

고난도 하늘로 치솟은 직선…, 직선에 달라붙는 삼각형…, 우리가 만든 다리….

황금비 좋은 방법이라도 생각났어?

고난도 방법은 하나뿐이야. 스키점프대를 만들자.

황금비 뭐? 스키점프대? 여기서 그걸 어떻게 만들어?

고난도 우리가 있는 곳과 저 직선이 뻗은 곳을 이 다리로 연결하는 거야. 삼각형들이 직선에 달라붙으면 떨어지지 않아. 우리가 만든 다리도 마찬가질 거야. 다리 길이가 60$m$고, 직선까지 거리는 대략 50$m$니까 살짝 기울어지는 구조물이 만들어져. 우리가 만든 다리 무게는 거의 0에 가깝지만 아주 단단해. 그러니까 설치하는 데는 힘이 들지 않아.

황금비 거기까지는 가능하다고 해도 스키점프대를 만들지는 못해. 삼각형 선분 위에서 스키를 타면 불안정해서 옆으로 떨어질 위험이 있어. 더구나 직선으로 날아가면 위로 오르는 도약력을 얻지 못해서 건너편으로 넘어가기 힘들어. 곧바로 아래로 낙하할 테니까. 저쪽이 여기보다 낮기는 하지만 도약하지 않고 건널 정도는 아니야.

고난도 나도 알아. 그리고 저걸 봐.

고난도는 하늘로 높이 솟은 직선을 가리켰다.

황금비 저 직선이 왜?

고난도 나만 믿어.

고난도는 아이템팔찌에서 부메랑 두 개를 꺼냈다. 그런데 다른 부메랑과 달리 부메랑 바깥쪽이 칼날처럼 날카로웠다.

고난도 너, 부메랑 던질 줄 알지?

황금비 던질 줄 아냐고? 100$m$ 밖에 있는 적을 정확히 공격할 수도 있어.

고난도 좋아. 그러면 이 부메랑으로 저 직선의 중간 지점을 자르고, 그와 동시에 최대한 높은 지점을 겨냥해서 잘라. 그러면 잘려 나간 직선은 선분이 되고, 나는 그 선분을 낚싯대를 이용해 잡아 올 거야.

황금비 그러면 그 선분을 이용해서 안정되게 스키점프를 하는 레일을 만들 수 있겠구나.

고난도 바로 그거야.

황금비 레일 끝을 살짝 위로 올려 주면 상승도약도 가능하고.

황금비는 길게 심호흡을 하더니 부메랑을 잇달아 던졌다. 그와 동시에 고난도는 낚싯줄을 직선을 향해 날렸다. 처음 날아간 부메랑이 직선의 중심부를 잘랐고, 뒤에 날아간 부메랑이 하늘 위로 솟은 부분을 잘랐다. 고난도가 날린 낚싯바늘은 정확하게 잘려 나간 선분을 움켜잡았다. 원래 있던 직선은 선분을 내주고 반직선이 되었다. 반직선이 되었음에도 직선은 흔들리지 않고 그대로 그 자리에 있었다.

고난도 선분 하나를 더 만들자.

황금비와 고난도는 같은 방식으로 선분을 잘라 냈다. 선분은 구조물 위에 레일처럼 나란하게 놓기에, 충분한 길이였다.

황금비 최대 가속도를 얻으면서도 안전하게 하려면 레일이 평행을 유지해야 해.

고난도 엇각이나 동위각을 활용하면 간단하면서도 정확하게 레일을 놓을 수 있어.

황금비 좋은 생각이야.

구조물에는 같은 크기인 직각삼각형이 나란히 놓여 있기에 무수히 많은 동위각과 엇각이 있었다. 동위각과 엇각이 같으면 평행하므로 고난도는 그 점을 이용하려고 한 것이다. 황금비와 고난도는 엇각과 동위각이 정확히 같은지 확인하면서 주변에 남은 작은 선분들을 이용해 레일을 구조물 위에 고정했다. 그러고는 구조물 끝부분에서는 다양한 직선을 이용해 받침대를 만들고 레일이 부드럽게 위로 휘어지도록 만들었다.

황금비 잘 돼야 할 텐데….

고난도 안 되면 마지막 방법을 써야지.

황금비 마지막 방법? 그게 뭔데?

고난도 있어. 실패하면 말할게.

고난도 말투를 보면 이 다리보다 훨씬 위험한 방법 같았다. 둘은 조심하면서 구조물을 움직였다. 크기는 컸지만, 무게는 0에 가까웠기에 세밀하게 움직이는 데 어려움은 없었다. 각도를 세심하게 고려하면서 잘려 나간 반직선에 구조물 끝을 댔다. 처음에는 살짝 흔들렸지만, 구조물은 반직선에 강하게 달라붙었다. 온 힘을 다해 흔들었지만, 꿈쩍도 안 했다.

황금비　내가 먼저 탈게.

황금비가 플레이트를 다시 착용했다.

고난도　이거 받아.

황금비　이게 뭔데?

고난도　작은 로켓 추진 장치야.

황금비　이런 거 없어도 돼.

고난도　혹시 모르잖아. 이건 우리가 급조해서 만든 스키점프대야. 예상만큼 도약력이 안 나올지도 몰라. 혹시라도 위험한 상황이 되면 터트려.

고난도는 황금비 양발에 로켓 추진 장치를 달아 주었다.

황금비　어떻게 터트리는 거야?

고난도　둘을 가볍게 부딪치기만 하면 돼.

황금비　고마워.

황금비는 구조물 위에 올라가 플레이트를 착용하고 고글을 썼다. 최대 가속력을 얻기에 적합하게 몸을 구부리더니 쏜살같이 스키점프대를 타고 내려갔다. 스키점프대 끝 지점에서 황금비는 다리를 쭉 펴며 몸을 앞으로 숙였고, 플레이트를 역*A*자 형태로 만들었다. 황금비는 포물선을 그리며 크레바스 위를 날아갔다. 날아가는 포물선을 고려할 때 크레바스와 산비탈이 만든 교선을 넘지 못할 것 같았다. 황금비도 교선 근처까지 와서야 그걸 알아챘다. 그대로 가다가는 크레바스가 만든 벽에 충돌한 뒤, 절벽 아래로 추락할 수밖에 없었다.

마지막 순간에 황금비는 발뒤꿈치를 모았다. 고난도가 준 로켓 추진 장치는 곧바로 터졌고, 황금비 몸이 위로 치솟았다. 그 바람에 균형을 잃고 산비탈로 나뒹굴었지만, 무사히 크레바스를 넘어갈 수 있었다. 몸을 추스른 황금비는 위쪽에 있는 고난도에게 손을 흔들어 무사히 건넜다고 알렸다. 황금비가 무사히 건너간 것을 확인한 고난도는 곧바로 스키점프대에 올랐고, 같은 방식으로 도약을 했다. 고난도는 다행히 아슬아슬했지만, 교선을 살짝 넘었고, 안정된 자세로 산비탈을 타고 내려왔다.

황금비　　고마워. 네가 준 추진 장치 덕분에 살았어.

고난도　　짜릿했지?

황금비　　다시는 하고 싶지 않아.

황금비가 옷을 털면서 크게 웃었다. 둘은 스키 장비를 다시 점검하고 산에서 내려갈 채비를 했다.

황금비　　어, 너는 로켓 추진 장치를 안 달았던 거야?

고난도 그건 하나밖에 없었어.

황금비 그럼, 넌 추진 장치도 없이 이 위험한 스키점프를 했단 말이야?

고난도 어쩌겠어. 추진 장치가 하나뿐인데….

황금비는 어이없어하면서도 감동 어린 눈빛이었다. 심정이 꽤 복잡한 듯 보였다.

고난도 그런 존경 어린 표정은 아이템팔찌에 넣어 둬. 빨리 내려가자. 범인도 잡고, 한정판 립스틱도 되찾아야지.

# 03. 대각선과 위험한 승강기

## : 다각형의 성질 :

산을 타고 내려온 황금비와 고난도는 곧바로 단축이동기를 찾았다. 다행히 단축이동기는 가까운 데 있었다. 단축이동기를 통해 게임-놀이 공원으로 넘어가기 전에 친구들에게 연락했다. 연락이 닿자마자 연산균은 중급에 도전할 거라면서 들뜬 목소리로 자랑했다. 나우스와 미지수지도 연산균이 제법 잘 탄다며 추켜세웠다. 친구들이 워낙 신이 난 상태였기에 상황을 정확히 전달할 틈이 생기지 않았다.

황금비　　조용히 좀 하고 내 말 좀 들어.

황금비가 버럭 소리를 지르자 그제야 입을 다물고 귀를 기울였다. 황금비는 산에서 벌어진 일을 간단하게 설명하고 게임을 훔쳐 간 범인을 찾으러 가겠다고 말했다.

황금비 게임-놀이공원 1348번 구역으로 갈 거야. 너클리드와 비례요정도 그곳에 갈 테고, 그들이 나타나면 피타고X도 나타날지 몰라. 그러면 예전처럼 위험한 상황이 펼쳐질 수도 있어.

나우스 그래서 어떻게 하면 좋겠어?

황금비 굳이 너희들까지 위험하게 하고 싶지는 않아.

미지수지 우리가 개발한 게임을 훔쳐 간 도둑이잖아. 같이 잡아야지.

황금비 우르르 몰려간다고 도움이 되지는 않아. 고난도와 내가 어떻게든 해 보고, 혹시라도 도움이 필요하면 연락할게.

미지수지 알았어. 우리도 준비하고 있을게. 조심해.

친구들과 연락을 마치고 황금비와 고난도는 단축이동기 화면에 '게임-놀이공원 1348번 구역'을 입력했다. 확인 단추를 누르자 단축이동기에서 하얀빛이 나오며 아바타를 빨아들이더니, 순식간에 게임-놀이공원 안으로 데려갔다.

단축이동기에서 나오자 빨강, 파랑, 분홍 등 온갖 색깔을 자랑하는 화려한 꽃밭이 고난도와 황금비를 맞이했다. 하얀 나비와 노랑나비가 꽃들 사이를 부지런히 오가며 꿀을 모았고, 갖가지 동물 모양을 한 풍선이 두둥실 떠다니며 하늘을 무지갯빛으로 수놓았다. 꽃밭을 지나면 넓은 원형

광장이 나오는데, 광장 한복판에는 중세 수도원에 어울리는 시계탑이 고풍스러운 자태를 뽐냈다. 시계탑에는 시침, 분침, 초침이 달린 옛날식 시계가 달려 있었다. 시계탑 기단부에 음각으로 새긴 1348이란 숫자에는 오랜 세월을 이겨 낸 듯 이끼와 먼지가 수북했다.

시계탑 뒤로는 반원 형태로 건물이 빼곡하게 늘어섰는데, 마치 유럽 중세시대를 재현해 놓은 듯했다. 온갖 석재 조각이 건물 외벽을 화려하게 치장하고, 세로로 긴 창문과 높다란 탑이 시선을 빼앗았다. 모두 중세풍이었지만 형태는 조금씩 다 달랐다. 건물로 다가가자 1층에 붉은 벽돌로 만든 작은 입구가 나타났다. 입구 안쪽으로는 구불구불한 미로들이 거미줄처럼 길게 이어져서 그 끝을 알아보기 힘들었다.

황금비 입구만 80개고, 골목마다 게임이 얼마나 있는지는 헤아리기조차 힘들어. 이 넓은 구역에서 범인을 어떻게 찾지?

고난도 도둑이 이곳에 나타난 이유는 뭘까?

황금비 그걸 갑자기 왜 물어?

고난도 너클리드는 어떻게 해서 그 도둑이 이곳에 나타난 걸 알아냈을까?

황금비 그건 우리가 알 수가 없지.

고난도 이 두 질문에 대한 답을 찾다 보면 어떤 실마리가 나오지 않을까?

황금비 잠깐만 … 그렇다면… 아! 그렇구나.

고난도 나와 같은 생각이지?

황금비는 주먹을 불끈 쥐고 재빨리 주변을 살폈다. 80개에 이르는 입구로 많은 아바타가 들어가고 있었다.

황금비 그 도둑이 우리한테서 훔쳐 간 게임을 이곳에 설치하려고 온 거야. 게임을 설치해서 돈을 벌려고.

고난도 전혀 변형을 가하지 않고 설치하면 우리한테 들킬 가능성이 크니까 어떤 변형을 가했겠지.

황금비 그 변형 기술을 너클리드가 알아채고 추적을 했을 테고.

고난도 바로 그거야.

황금비 변형을 가했어도 기본 골격은 바뀌지 않았을 테니 비슷한 게임을 모아 놓은 골목으로 들어가면 찾을 가능성이 커.

고난도 빙고!

황금비와 고난도는 80개 출입문을 빠르게 검색했다. 자신들이 개발한 게임과 유사한 게임을 모아놓은 골목은 어렵지 않게 찾아냈다.

황금비 이곳이 맞겠지?

고난도 다른 방법이 없잖아.

둘은 출입구에서 '전'을 지불하고 골목으로 들어갔다. 구불구불한 골목길은 중세시대 돌담길을 걷는 분위기를 물씬 풍겼다. 자연석을 다듬어서 깐 바닥은 발걸음을 내디딜 때마다 오랜 세월을 거슬러 걷는 듯한 기분을 맛보게 했다. 낡은 돌담과 담쟁이가 어우러져 만든 높은 벽은 더할 나위 없는 운치를 풍겼다. 구불구불한 담벼락 곳곳에는 다양한 모양을 한 철문이나 나무문이 달렸고, 문 위로 게임 이름이 적힌 허름한 간판이 걸려 있었다. 게임 이름에 아이템팔찌를 대면 게임에 대한 설명이 영상으로 나왔다. 담벼락 중간에는 골목 안에 설치된 게임을 상세히 검색할 수 있는 안내판도 있었다.

황금비 안내판에서 신규로 설치된 게임을 검색하는 게 좋겠어.

고난도는 안내판에서 최근에 설치된 게임을 검색했다.

고난도 이 골목에서 최근에 설치된 게임은 세 개 뿐이야.
황금비 설명만 봐서는 우리가 개발한 게임과 구별하기 어렵네.
고난도 비슷한 게임들을 모아 놓은 골목이니까.
황금비 일일이 확인해 보는 수밖에 없겠어.
고난도 다행히 세 개 모두 설치된 장소가 가까워.
황금비 빨리 가 보자.

그들은 빠른 걸음으로 신규 게임이 설치된 곳으로 갔다. 신규 게임은 간판만 봐도 최근에 설치된 게임이라는 것을 알아볼 수 있었다. 입구에는 몇몇 아바타들이 들어갈지 말지 고민하며 게임을 설명하는 영상을 보고 있었다.

황금비 우리 게임이 맞는지 확인하려면 들어가 봐야겠지?

고난도 그래야지. 직접 해 보면 우리 게임인지 아닌지 드러날 테니까. 맞으면 그때 등록자정보를 확인하면 돼.

황금비 등록자정보를 공개로 설정해 뒀을까?

고난도 그거야 알 수 없지. 그렇지만 대부분은 자기가 개발한 게임에 더 많은 방문자를 끌어들이려고 공개를 하니까 우리 게임을 훔쳐 간 그 도둑도 그랬을 거야. 개발자 정보가 비공개면 개발자가 만든 또 다른 게임으로 유입하게 만들 수 없고, 그러면 돈을 그만큼 벌지 못하잖아. 이 도둑은 게임을 훔쳐서 돈을 버는 게 목적이야. 그러니 비공개로 해 두지는 않았을 거야.

황금비 만약에 비공개라면?

고난도 그때는 어쩔 수 없이 저작권 시비를 걸어야지. 그러면 관리 *AI*가 심판을 위해 나설 테고, 도둑이 누구인지 실마리가 드러날 수밖에 없어.

황금비 게임을 삭제하고 모른 척해 버릴 수도 있잖아.

고난도 걱정은 뒤로 미루고 일단 들어가자.

황금비와 고난도는 쇠문을 열고 안으로 들어갔다. 오른쪽에는 게임을 실제로 실행하는 화면이 영화처럼 펼쳐지고, 왼쪽에는 게임 이용 방법을 선택해서 결제하는 장치가 설치되어 있었다. 일단 잠깐 경험하는 체험판만 이용하기로 했다. 체험판은 비용이 2전이었다. 각자 아이템팔찌로 결제를 하고 1단계 게임을 하는 입구로 들어가려고 할 때였다. 게임을 마치거나 중단하고 나오는 출구가 열리며 한 아바타가 나왔다. 보통 게임에는 출구가 세 곳인데 입구와 나란히 달린 출구, 게임 공통 입구가 있는 광장으로 나오는 출구, 제작자가 임의로 설정한 출구가 있다.

고난도는 무심코 시선을 돌렸고, 게임을 마치고 나오는 아바타와 눈이 마주쳤다. 이제껏 한 번도 만난 적 없는 아바타였다. 짧은 순간이지만 그 아바타 눈빛이 흔들리고 입술이 긴장으로 힘이 들어갔다. 고난도는 그 누구보다 관찰력이 뛰어나기에, 찰나처럼 떠올랐다 사라진 변화를 놓치지 않았다. 그리고 도둑과 대결했을 때 복면 사이로 드러났던 얼굴을 기억해 냈다. 눈썹 형태, 머리카락, 이마 넓이, 눈동자 빛깔, 눈꼬리 모양 등이 선명하게 떠올랐다. 기억 속 모습과 닮은꼴이었다. 확신하기 어려웠지만, 확인이 필요했다.

고난도 저기요.

고난도가 불렀지만, 그 아바타는 들은 척도 않고 가려고 했다.

고난도 저기 잠깐만요.

고난도 대화 화면에 상대와 대화가 가능하다고 나왔다. 따라서 고난도가 하는 말을 들을 수밖에 없는데도 그 아바타는 모른 척하며 그냥 나가려고 했다. 의심스러운 행동이었다. 고난도가 나가려는 아바타 팔을 잡았다. 그때 고난도가 찬 아이템팔찌에서 진동이 느껴졌다. 고난도가 특별히 사들여서 설치해 둔 아이템에서 나오는 진동이었다. 진동을 느끼자 고난도는 확신이 섰다. 그 도둑이 맞았다.

고난도 우리 전에 만났죠?

황금비 누군데 그래?

고난도 나 기억나죠? 그쪽은 복면을 썼지만 나는 얼굴을 드러내고 싸웠으니 내 얼굴을 기억할 텐데.

황금비 잠깐만… 설마?

그때 아바타가 고난도 손을 뿌리치고는 주먹으로 고난도 복부를 가격하더니 재빨리 밖으로 도망쳤다. 갑작스러운 공격에 고난도는 두어 걸음 물러나더니 배를 붙잡고 쭈그려 앉았다.

고난도　　그 도둑이야.

고난도가 얼굴을 찡그리며 외쳤고, 황금비는 그 아바타를 뒤쫓아 나갔다. 곧이어 고난도도 고통을 참으며 밖으로 뛰어나갔다. 오른쪽 골목으로 황금비가 뛰어가는 모습이 보였다. 있는 힘껏 달려갔다. 도둑은 뜀박질을 잘했다. 황금비도 잘 뛰었지만 뛰는 솜씨가 차원이 달랐다. 시간이 갈수록 거리가 점점 멀어졌다. 이대로 가면 놓칠 수밖에 없었다. 고난도는 아이템팔찌에서 롤러스케이트를 꺼내서 재빨리 신었다. 출력을 올리자 롤러스케이트 뒤에서 불꽃이 일며 강력한 추진력을 만들어 냈다. 고난도는 롤러스케이트를 타고 골목을 달렸다. 울퉁불퉁한 바닥 때문에 충격이 고스란히 전해졌지만 무시했다. 골목이 점점 구불구불해지며 방향 전환이 어려웠지만 고난도에게 큰 어려움은 없었다.

벌어졌던 거리가 빠르게 좁혀졌다. 고난도는 황금비를 지나쳐서 곧바로 범인에게 접근했다. 도둑은 빠르게 다가오는 고난도를 발견하고 깜짝 놀라더니 주머니에서 보라색 구슬을 꺼냈다. 지난번에 던졌던 바로 그 구슬이었다. 도둑은 고난도를 겨냥해 구슬을 던졌다. 구슬은 고난도 바로 앞에서 터졌다. 골목은 좁고 구슬이 만든 폭발력은 강했기에 꼼짝없이 보랏빛 사슬에 갇힐 수밖에 없는 상황이었다. 그러나 그 다급한 순간에 고난도는 출력을 최대치로 올리더니 롤러스케이트로 벽을 타고 올랐다. 롤러스케이트 속도가 워낙 빨랐기에 몸이 벽과 거의 수직이 되었지만, 바닥으로 떨어지지 않았다. 고난도가 벽을 이용해 보랏빛 폭탄을 피해 버리자 도둑은 화들짝 놀라더니 바로 옆에 있는 문으로 무작정 뛰어 들었다.

도둑은 곧바로 결제하고 게임 안으로 들어가 버렸다. 고난도는 달리던 관성력 때문에 조금 앞까지 갔다가 다시 돌아와서 문을 열고 들어갔다. 롤러스케이트를 벗은 고난도는 머뭇거리지 않고 게임을 결제했다. 고난도가 게임 안으로 들어가고 얼마 지나지 않아 황금비가 뒤따라 들어갔다.

진행AI 안녕하세요. 퍼즐액션 게임, 폴리고널 배틀(*Polygonal Battle*)입니다. 1단계에서 사용할 무기를 선택해 주세요.

고난도 무기 종류를 알려 줘.

진행AI 광선검, 레이저 부메랑, 레이저 활, 다용도 자석이 있습니다.

고난도 하나만 골라야 해?

진행AI 기본 무기는 하나만 제공하고 추가 무기를 원하면 결제하셔야 합니다.

황금비 난 레이저 활.

고난도 권하는 무기는 없어?

진행AI 그 어떤 무기든 효과와 한계가 동시에 있기에 기본으로 권하는 무기는 없습니다.

고난도 그럼 나는 광선검을 줘.

진행AI 단계별로 생명은 세 개씩입니다. 죽으면 위험에 처하기 바로 전 장면으로 되살아나며, 세 번 죽으면 단계는 끝나고 이곳으로 되돌아오게 됩니다.

황금비 조금 전에 들어간 이용자는 어디쯤 갔는지 알 수 있을까?

진행AI 다른 이용자 정보는 알려 드리지 않습니다.

고난도 일단 들어가자. 그 도둑보다 빨리 관문을 통과해야 해. 안 그러면 멀리 도망쳐 버릴지도 몰라.

황금비 한 명은 남는 게 낫지 않아? 우리가 들어갔는데 도둑이 일부러 1단계에서 빨리 죽어서 입구로 빠져나올 수도 있잖아?

고난도 한 명이 추적하면 그만큼 잡기 힘들어.

황금비 그렇다고 입구를 비워둘 수는 없어.

고난도 대비책을 마련해야지.

고난도는 아이템팔찌에서 얇은 스티커를 꺼내서 진행*AI*가 모르게 출구 옆 벽에 붙였다. 황금비가 곁눈질하더니 진행*AI*가 고난도 쪽을 못 보게 가렸다.

황금비 입장하게 해 줘.

진행AI 지금 1단계 진입을 허용합니다.

축포가 터지며 온갖 색깔로 빛나는 종잇조각이 하늘로 흩뿌려졌다. 종잇조각은 모두 도형이었다. 사각형, 오각형, 육각형, 팔각형, 십이각형 등 셀 수도 없이 많은 다각형[26]들이 시야를 채우더니 주변에 흩뿌려졌다. 다각형 중에서 일반 다각형은 그냥 사라졌지만, 정다각형[27]들은 바닥에 떨어지자마자 부풀어 오르며 빌딩으로 바뀌었다. 수십 층이나 되는 건물들이 퍼즐 조각을 쌓아 올린 듯이 빼곡히 자리하고, 건물과 건물들 사이는 한눈에 경로를 알아볼 수 없는 미로가 펼쳐졌다. 1단계 과제는 단순해 보였다. 복잡한 거리를 통과해서 목표지점에 도달하기만 하면 끝나는 과제였다.

고난도 쉬워 보이는데?

황금비 그건 해 봐야 알겠지만, 쉬우면 별로 좋지 않아. 도둑도 쉽게 깨뜨리고 도망쳐 버릴 테니까.

고난도 서두르자.

고난도와 황금비는 목표지점을 찾기 위해 빠르게 움직였다. 그러나 길이 복잡하고 건물은 워낙 높아서 목표지점이 정확히 어디인지 알 수가 없었다.

고난도 이대로는 제대로 길을 못 찾아. 아무래도 높은 건물 옥상으

26 다각형 : 셋 이상의 선분으로 둘러싸인 평면도형.

27 정다각형 : 다각형을 이루는 변의 길이, 각의 크기가 각각 같은 다각형. 다만 정삼각형은 세 변의 길이가 같은 평면도형으로 정의한다. 물론 세 각의 크기도 같지만, 세 변이 같으면 각은 자연스럽게 같아지므로 정삼각형은 세 변의 길이가 같은 평면도형으로 정의하는 것이다.

로 올라가야겠어.

황금비 저 건물로 가자. 이 근처에서 가장 높아.

황금비와 고난도는 하늘 높이 솟은 육각기둥 건물로 뛰어갔다. 건물에 거의 다다랐는데 갑자기 총성이 들렸다. 둘은 화들짝 놀라 건물 벽에 바짝 붙었다.

고난도 퍼즐액션 게임이라고 하지 않았나? 퍼즐액션 게임에 총이 있어?

황금비 들어올 때 무기를 고르라고 했잖아.

고난도 그 도둑일까?

황금비 아닐 거야. 고르라는 무기 중에 총은 없었으니까.

고난도 그 도둑은 이곳 알고리즘을 깨뜨리는 무기를 자유롭게 쓸 수도 있잖아.

황금비 확인해 보면 되겠지.

황금비는 스카프를 풀더니 목걸이를 꺼냈다. 황금비가 전투행성에서 수학무기를 자유자재로 다루는 적과 싸우다가 획득한 바로 그 목걸이였다. 목줄은 눈에 잘 띄지 않을 만큼 가늘었다. 목줄이 목 가운데서 만나 새끼줄처럼 꼬이며 아래로 손가락 두 마디쯤 늘어진 끝 지점에 화로처럼 생긴 장신구가 달려 있었다. 장신구 위에는 붉은빛이 일렁이며 진짜 불처럼 흔들렸다. 장신구에는 손잡이 모양으로 생긴 고리가 양쪽으로 달렸는데, 큰 고리에 작은 고리 세 개가 이어졌고, 고리 끝에는 쌀알 같은 구슬이 둥글게 뭉쳐 있었다. 구슬 뭉치 아래에 달린 보석은 칼날처럼 날카로웠다. 언뜻 보면 밋밋한 장신구지만, 자세히 보면 장신구 전체에 눈으로 다 확인할 수 없을 만큼 세밀한 문양이 빼곡했다. 웬만한 기술로는 흉내도 내지 못할 정밀함이었다.

목걸이는 수학무기를 이루는 기본 구성 성분을 드러나게 하고, 수학무기가 사용된 흔적을 정확하게 찾아내는 기능이 있었다. 황금비는 목걸이에서 불꽃이 이는 부분을 만졌다. 이내 빛이 쏟아지며 주변을 비췄다. 황금비는 총알이 부딪친 탄착지점과 주변을 일일이 확인했다.

황금비　　수학무기가 사용된 흔적은 없어.

고난도　　다행이네.

황금비　　이 게임 안에 설치된 저격병이라면….

황금비는 몸을 바짝 낮추며 레이저 활을 꺼냈다. 황금비는 탄착지점을 다시 살피더니 저격병이 숨은 곳을 곧바로 알아챘다.

황금비　　건물 입구로 뛰어 들어가.

고난도　　저격병이 있잖아?

황금비　　위치를 파악했어. 그러니 날 믿어.

고난도 여기서는 세 번 죽어도 된다고는 하지만, 게임일지라도 죽는 기분을 느끼고 싶지는 않으니까 제대로 해.

황금비 서둘러. 이렇게 뜸 들이는 시간에 그 도둑은 더 멀리 도망치고 있을 테니까.

고난도는 숨을 깊이 들이마시더니 쏜살같이 빌딩 입구로 달렸다. 뒤도 돌아보지 않고 뛰는데 총소리와 유리창이 깨지는 소리가 동시에 들렸다. 어떻게 된 일인지 살피고 싶었지만, 총이 무서워서 잠시도 머뭇거리지 않고 뛰었다. 고난도는 무사히 건물 입구로 들어갔고, 황금비가 곧이어 따라왔다.

고난도 어떻게 됐어?

황금비 레이저 활이 생각보다 강하네.

고난도 없앤 거야?

황금비 당연하지. 그리고 총격 방향을 보니 저격병은 참가자를 죽이는 게 목표가 아니라 건물로 들어가지 못하게 하는 게 목표였어.

고난도 네 말대로라면 높은 건물로 반드시 들어가야 한다는 뜻이겠네.

황금비 그래, 우리가 제대로 방향을 잡았어. 건물 위로 올라가자. 저기 복도 끝에 승강기가 있어.

황금비와 고난도는 승강기를 타기 위해 복도로 들어섰다. 그러나 몇 걸음 들어가지도 못하고 로비로 도망쳐야만 했다. 복도를 꽉 채우며 엄청난 속도로 다각형 퍼즐 조각이 날아왔기 때문이다. 크기가 워낙 커서 피할 데도 없었고, 빠른 속도라서 부딪치면 곧바로 목숨 하나가 사라질 듯했다. 퍼즐 조각은 불규칙한 간격으로 끊임없이 복도를 가득 채우며 날아왔고, 그대로 로비를 통과해 현관문을 부수며 거리로 날아갔다. 건물을 빠져나간 퍼즐 조각은 거리를 빠른 속도로 움직이며 게임 참가자들이 자유롭게 통행하지 못하도록 방해했다.

황금비　퍼즐 조각을 깨뜨려야만 승강기에 탈 수 있겠어. 내가 레이저 활로 쏴 볼게.

황금비는 활을 꺼내서 시위를 당겼다. 화살을 메기지 않았지만, 시위를 당기기만 해도 레이저 모양으로 생긴 화살이 나타났다. 육각형이 날아왔고 재빨리 활시위를 놓았다. 레이저는 육각형을 정확히 맞췄지만, 움직임에 영향을 끼치지 못했다. 여러 발을 연속해서 쏴도 마찬가지였다. 로비 옆에서 쐈기에 화살이 빗맞아서 타격을 못 줄 수도 있을 것 같아 정면으로 이동해서 레이저 화살을 쐈지만, 결과는 마찬가지였다. 만약 황금비 몸놀림이 조금만 늦었다면 게임 목숨 하나를 잃을 뻔했다.

고난도　활로 안 되면 광선검으로 해 보자.

고난도는 광선검을 꺼내 들었다. 그러고는 지나가는 팔각형을 향해 힘차게 광선검을 휘둘렀다. 광선검은 팔각형 귀퉁이를 찢었다. 팔각형은 광선검에 얻어맞자 멈칫하더니 조금 뒤로 물러났다. 그러나 곧바로 찢어진 자국이 붙었고, 꼭짓점 여덟 곳에서 불을 뿜으며 다시 앞으로 나왔다. 고난도는 다시 광선검을 휘둘렀다. 광선검은 팔각형 귀퉁이를 찢었다. 팔각형은 다시 뒤로 물러났다. 이번에는 8개 변에서도 불이 뿜어져 나왔다. 다시 광선검을 휘두르자 불길이 확 커지며 고난도를 덮쳤다. 고난도는 화들짝 놀라서 옆으로 굴렀다. 불이 붙은 도형은 불을 사방팔방으로 내뿜으며 거리로 나갔다.

황금비 광선검은 어느 정도 효과가 있는 것 같아. 난도질하듯 광선검을 휘둘러 봐.

고난도 나는 검을 쓰는 데 서툴러. 네가 해 봐.

황금비 아마 무기를 주고받지는 못할 걸.

황금비 말이 맞았다. 고난도가 광선검을 건네주려고 했지만 불가능했다. 어쩔 수 없이 고난도는 다시 다각형을 향해 광선검을 휘둘렀다. 이번에는 머뭇거리지 않고 여러 곳을 베었다. 광선검이 지나간 자리는 어김없이 잘렸다. 그러나 뒤로 물러난 다각형은 다시 달라붙으며 불을 뿜어냈고, 이전과 똑같은 현상이 반복되었다.

고난도　효과가 없어.

황금비　아니야. 내가 보기엔 자르는 방법이 잘못되었을 뿐이야.

고난도　그럼 어떻게 잘라야 하는데?

황금비　도형이 멈춰 설 때 도형 중심부를 갈라 봐.

고난도는 황금비가 시키는 대로 했다. 광선검에 맞은 도형이 뒤로 물러서자, 재빨리 도형 중심부를 갈랐다. 광선검에 맞은 도형은 그대로 쪼개졌다. 그러나 이전보다 더 맹렬하게 불꽃이 일며 달라붙더니 폭발까지 일으키며 무서운 속도로 밖으로 튀어 나갔다.

고난도　우리가 거리를 불바다로 만들고 있는 거 알지?

황금비　한 번만 다시 해 봐.

고난도　효과가 없다니까.

황금비　이번에는 반으로만 쪼개지 말고 할 수 있는 한 여러 번 쪼개 봐.

고난도　그러다 불에 얻어맞으면 나는 죽어.

황금비　어차피 게임 안이잖아. 이러고 머뭇거리다가는 도둑을 잡을 기회를 영영 놓치고 말 거야.

고난도는 입을 삐죽 내밀더니 다시 나섰다. 광선검에 맞은 육각형이 뒤로 물러나자 머뭇거리지 않고 있는 힘껏 광선검을 여러 차례 휘둘렀다.

광선검에 맞은 육각형은 갈기갈기 찢어졌다. 찢어진 자국에서 불꽃이 일었다. 그러나 딱 한 곳은 갈라진 채 꿈쩍도 안 했다.

고난도 저게 어떻게 된 거지?

황금비 대각선으로 잘라야 하나 봐.

고난도 대각선?

황금비 그래. 갈라져서 다시 안 붙는 부분은 정확히 대각선이야.

고난도 그러네. 꼭짓점과 꼭짓점을 잇는 선분인 대각선[28]을 따라서 광선검을 휘두르면 다시 안 붙는다는 말이지.

황금비 다시 한번 해 봐. 우리 생각이 확실하게 맞는지 보게.

고난도는 멈춰 선 육각형에서 꼭짓점과 꼭짓점을 잇는 대각선에 따라 광선검을 여러 번 휘둘렀다. 어떤 대각선은 잘린 채 그대로 있었지만, 어떤 대각선은 불꽃을 튀기며 다시 붙어 버렸다. 불길은 점점 강해져서 가까이 서기 힘들 정도였다.

고난도 왜 이러지? 왜 다시 붙는 게 있고, 다시 떨어지는 게 있지?

황금비 처음 자른 꼭짓점과 똑같은 지점에서 자른 건 쪼개지고, 그렇지 않은 건 달라붙는 것 같아.

---

28 대각선 : 다각형에서 꼭짓점과 꼭짓점을 잇는 선분

고난도는 뜨거운 불길을 참고 한 번 더 광선검을 휘둘렀다. 육각형 한 꼭짓점에서 그을 수 있는 대각선 세 곳을 모두 광선검으로 자른 것이다. 육각형은 삼각형 네 개로 쪼개졌다. 그러자 불꽃이 사라지고 크기도 줄어들면서 작은 삼각형 조각이 되어 바닥으로 떨어졌다.

고난도　성공이다!

황금비　됐어! 이제 그 방법으로 하면 돼.

이어서 팔각형이 날아왔다. 고난도는 광선검을 휘둘러 팔각형을 멈춰 세운 뒤 한 꼭짓점에서 대각선 다섯 번을 잘랐고, 팔각형은 삼각형 여섯 개를 남기며 분해되었다. 십각형에는 일곱 번, 십이각형에는 아홉 번, 이십각형에는 무려 열일곱 번이나 광선검을 휘둘렀다.[29] 그때마다 십각형에서는 여덟 개, 십이각형에서는 열 개, 이십각형에서는 열여덟 개나 되는 삼각형이 조각나서 떨어졌다.[30]

고난도　광선검을 이렇게나 많이 휘둘러야 한다니….

황금비　도와주지 못해서 미안해.

---

29 다각형 한 꼭짓점에서 그을 수 있는 대각선의 개수 : $n-3$($n$은 꼭짓점 개수). 한 꼭짓점에 인접한 두 꼭짓점에는 대각선을 그을 수 없다. 따라서 대각선의 출발점인 꼭짓점과 인접한 두 꼭짓점에는 대각선을 그을 수 없으므로, 전체 꼭짓점 개수에서 3을 빼야 한다.

30 다각형 한 꼭짓점에서 대각선을 그었을 때 만들어지는 삼각형 개수 : $n-2$($n$은 꼭짓점 개수). 삼각형은 한 꼭짓점에서 그을 수 있는 대각선 ($n-3$)보다 하나 많기 때문이다.

고난도 바닥에 떨어진 삼각형이나 주워.

황금비 그건 뭐 하게?

고난도 억울하잖아. 이렇게 검을 휘둘렀는데 아무것도 챙기지 못하면.

황금비는 피식 웃으며 바닥에 떨어진 삼각형을 주웠다. 삼각형은 얇고 가벼웠지만, 어떤 힘을 가해도 구부러지지 않을 만큼 단단했다. 광선검을 거의 수백 번 휘두른 뒤에야 둘은 승강기에 도착했다. 재빨리 승강기 단추를 누르자 복도를 채우며 날아다니던 다각형이 더는 생성되지 않았다. 고난도는 황금비에게서 삼각형을 받더니 크기별로 차곡차곡 정리해서 작은 주머니에 집어넣었다. 고난도가 삼각형을 다 정리할 때쯤에 맞춰 승강기 문이 열렸다. 둘은 곧바로 승강기로 들어갔다. 승강기는 원기둥 형태였는데 높이가 아바타 키보다 다섯 배나 높았다. 승강기 형태가 조금 이상했지만, 둘은 의심하지 않고 올라탔다. 황금비가 최고층을 표시하는 숫자를 눌렀다. 그 숫자는 지수 형태로 $2^8$이었다.

고난도 $2^8$이라면 256층이잖아. 꽤 높네. 그나저나 층수가 왜 지수 형태인지 모르겠네.

고난도는 투덜거리면서 삼각형을 담은 주머니를 아이템팔찌에 넣으려고 했다. 그때 예상치 못한 일이 벌어졌다. 승강기 문이 닫히더니 원기둥처럼 생긴 승강기가 빙글빙글 회전했고, 회전 속도가 일정 수준을 넘어서자 갑자기 중력 방향이 바뀌어 버렸다. 몸이 승강기 벽에 바짝 달라붙었다. 승강기는 그대로 위로 움직였다. 승강기가 이동하는 속도가 점점 빨라졌지만, 중력 방향은 바뀌지 않았다. 어느 순간, 승강기가 위에서 아래로 쭉 갈라지더니 전개도가 펼쳐지듯이 옆으로 벌어졌다.

승강기는 사라졌지만, 움직임은 멈추지 않았다. 수백 개나 되는 평행선이 나란히 나타나더니, 평행선마다 둔각삼각형[31]이 솟아올랐다. 선에 맞닿은 삼각형의 두 각 중에서 이동하는 방향 쪽이 둔각이었다. 고난도와 황금비는 어느새 삼각형 위에 실려 있었다. 삼각형 선분 쪽은 그리 넓지 않았지만 자세를 유지하는 데는 어려움이 없었다. 고난도와 황금비도 삼각형처럼 2차원 면이 되어 버린 느낌이었다.

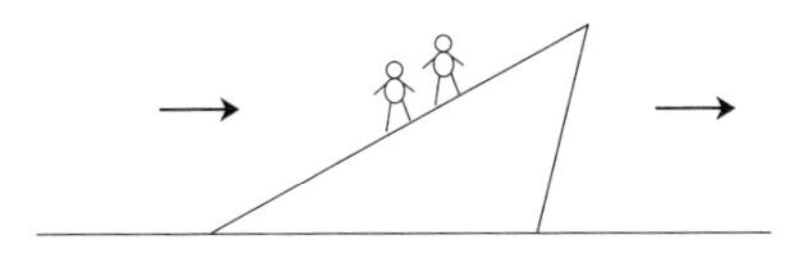

삼각형은 빠른 속도로 움직였다. 다른 선분 위에 놓인 삼각형도 움직였는데, 어떤 것은 위로, 어떤 것은 아래로 움직였다. 삼각형은 끝없이 만들어져서 한 선분 위에도 여러 개나 되는 삼각형이 움직였다. 삼각형은 그 크기는 거의 비슷했지만 각은 조금씩 달랐다. 고난도와 황금비가 올라탄 삼각형은 무게 때문인지 그리 빠르지 않았지만 다른 삼각형은 훨씬 빠르게 움직였다. 어느 순간부터 바닥에 숫자가 나타났는데, 아무래도 빌

31 둔각삼각형 : 세 꼭짓점 중 하나가 둔각(90°<각<180°)인 삼각형.

딩 층을 나타내는 것 같았다.

고난도　승강기가 황당하네.
황금비　황당할 뿐 아니라 위험해.
고난도　위험할 것까지야.
황금비　저 앞을 봐. 아니 위를 봐.

고난도도 황금비가 가리키는 방향을 봤다. 빠르게 올라가던 삼각형이 빌딩 끝 지점에서 멈추지 않고 그대로 벽을 깨고 나가더니 포물선을 그리며 건물 밖으로 튕겨 나갔다.

황금비　이걸 세우지 못하면 우리는 목숨 하나를 잃을 거야.
고난도　멈춰 세울 방법은 있어?
황금비　내가 알면 그런 걱정은 안 하지.
고난도　그냥 옆으로 내릴까.
황금비　나도 그러고 싶은데 바닥 상태가 안 좋아.

고난도가 자세히 살피니 평행선 바깥에서는 작은 칼날 같은 것들이 꾸물꾸물하며 움직였다. 혹시나 하는 마음에 주머니에 든 삼각형 하나를 던져봤다. 삼각형이 떨어지자마자 칼들이 치솟으며 삼각형을 산산조각 내 버렸다.

고난도 이건 뭐 칼이 산을 이룬 지옥이네. 1단계 게임이 뭐 이리 어려워.

황금비 불만은 그만 늘어놓고, 일단 옆 평행선으로 옮겨 가자.

고난도와 황금비가 타고 있는 선분 바로 옆에는 반대 방향으로 움직이는 평행선이 있었다. 꼭대기가 가까워질수록 둘이 타고 있는 삼각형은 속도가 빨라졌다. 더 머뭇거렸다가는 기회가 없을 듯했다. 둘은 기회를 봐서 재빨리 옆 삼각형으로 옮겨 탔다. 조금 전에 탄 삼각형은 천장을 뚫고 튕겨 나갔다. 그 모습을 보니 간담이 서늘해졌다. 건물 아래쪽은 더 심각했다. 삼각형이 건물 아래 바닥에 다다르면 그대로 충돌해서 산산이 부서져 버렸다. 내려가는 속도가 위로 올라가는 속도보다 훨씬 빨랐기에 다시 위로 가는 삼각형에 탈 때는 훨씬 더 위험한 상황을 감수해야 했다. 고난도가 하마터면 떨어질 뻔했고, 그 바람에 주머니에 든 삼각형 몇 개가 밖으로 튕겨 나갔다.

고난도 휴, 고마워. 죽을 뻔했네.

황금비 스키점프대에서 은혜는 갚은 거네.

고난도 그건 게임이 아니었잖아.

황금비 히히, 나도 알아. 그냥 그렇단 말이야.

고난도 그런데, 이 삼각형 말이야.

황금비 이 삼각형이라니? 우리가 탄 삼각형 말이야?

고난도 아니 내가 든 삼각형.

황금비 그게 뭐?

고난도 이게 이동하는 삼각형을 멈춰 세우는 데 제법 쓸모가 있을 듯해.

황금비 무슨 소리야?

고난도 조금 전에 떨어질 뻔하면서 주머니에 든 삼각형 몇 개가 튕겨 나갔는데, 그게 옆 평행선에서 움직이던 삼각형 앞쪽에 떨어지자 속도가 줄어드는 것처럼 느껴졌거든.

황금비 둔각의 외각에…? 그럴 수도 있겠네. 그럼 해 보자.

고난도는 주머니에서 삼각형 하나를 꺼내서 삼각형과 평행선이 만들어 낸 각, 그러니까 둔각의 외각에 삼각형을 끼워 넣으려고 했다. 그러나 손이 닿지 않았다. 자칫 잘못했다가는 떨어질 듯했다. 하는 수 없이 앞을 향해 던져서 선 위에 놓이게 했다. 그리 어렵지 않게 삼각형은 선분 위에 놓였다. 잘 겨냥한 것도 아닌데 옆으로 빗겨나가지 않았다. 빠르게 이동하던 삼각형은 선 위에 놓인 삼각형과 만나자 속도가 조금 줄었다. 그러나 멈춰 서지는 않았다. 속도가 줄어드는 효과도 얼마 가지 않았다. 속도는 점점 빨라졌고, 앞에 끼워져 있던 삼각형은 속도를 이기지 못하고 옆으로 튕겨 나갔다.

황금비 이런 실패다!

고난도 아니, 그렇지 않아.

황금비 그렇지 않다니, 뭐가?

고난도 반대 방향으로 가면서 확인할 게 있어.

둘은 꼭대기에 이르기 전에 재빨리 반대로 움직이는 삼각형에 올라탔다. 그러고서는 조금 전에 끼워진 삼각형이 튕겨 나간 데 이르렀다.

고난도 저길 봐. 저 선분 위의 삼각형은 이동이 멈췄어.

황금비 어, 정말 그러네. 어떻게 된 일이지?

고난도 선과 삼각형이 만나서 형성된 각에 작은 삼각형이 정확히 맞았기 때문이야.

황금비 그렇구나! 그럼 저 사잇각에 맞는 삼각형을 끼워 넣기만 하면 이것도 멈춘다는 거네.

고난도 문제는….

황금비 문제라니?

고난도 아까도 해 보려고 했지만 직접 삼각형을 끼워 넣지 못하고 던져야 해.

황금비 그 말은 각을 직접 잴 수가 없다는 말이고.

고난도 어림해서 각을 측정한 뒤에 던져야 한다는 건데, 그건 완전히 운이잖아.

황금비 저 각을 정확히 측정할 방법을 찾아야 해.

고난도와 황금비는 고민에 빠졌다. 다시 반대 방향으로 이동하는 삼각형에 올라탈 때도 해결책을 찾지 못했다. 위로 올라가면서 한참 주변 삼각형을 관찰하던 고난도가 고개를 갸웃거렸다.

고난도　어, 어쩌면 직접 재지 않고 저 각도를 알아낼 방법이 있을 것 같아.

황금비　어떻게?

고난도　우리가 알아내야 할 각의 크기는 둔각의 외각이잖아.

황금비　그렇지.

고난도　가만히 주변 삼각형을 살펴보니까 둔각을 제외한 삼각형의 두 내각을 합하면 둔각의 외각과 크기가 비슷한 거 같아.[32]

황금비　자, 잠깐만!

황금비가 골똘히 생각하다니 환호성을 질렀다.

황금비　맞아! 그거야! 둔각의 외각과 둔각을 합하면 180°잖아.

고난도　그렇지. 직선 위를 달리고 있으니 180°지.

황금비　삼각형 내각의 합은 180°야.

---

32 외각 : 다각형 한 변에서 연장선을 그었을 때 이웃하는 변과 연장선이 이루는 각.
내각 : 다각형에서 이웃하는 두 변으로 만들어지는 각.

고난도 공통으로 둔각을 공유하니까, 나머지 각은 그 크기가 같겠네.[33]

고난도는 곧바로 주머니에서 삼각형을 꺼내 자신들이 올라탄 변의 양옆에 형성된 각과 크기를 견주었다. 두 내각을 합한 크기를 지닌 삼각형을 찾는 것은 어렵지 않았다. 천장 끝 지점을 겨눠서 작은 삼각형을 던졌다. 빠르게 이동하던 삼각형은 작은 삼각형이 사이에 끼이자 그 자리에 그대로 멈췄다. 고난도는 관성력 때문에 앞으로 쏠려 나갈 뻔했으나 황금비가 붙잡아서 무사할 수 있었다. 그들 발밑에는 $2^8$층이라는 글씨가 선명하게 보였다. 발로 조심스럽게 숫자를 건드리자 작은 문이 열리며 외부 공간이 나타났다.

삼각형에 탔을 때는 중력이 옆으로 작용했지만 256($2^8$)층으로 들어서자 중력이 다시 아래로 작동했기 때문에 적응하는 데 애를 먹었다. 256층은 가운데에는 아무런 공간이 없고 중앙 공간에서 나선형으로 돌며 위로 뻗은 계단만 있었다. 계단 중심에 서서 위를 올려다보니 나선형

33 내각과 외각의 관계 증명.

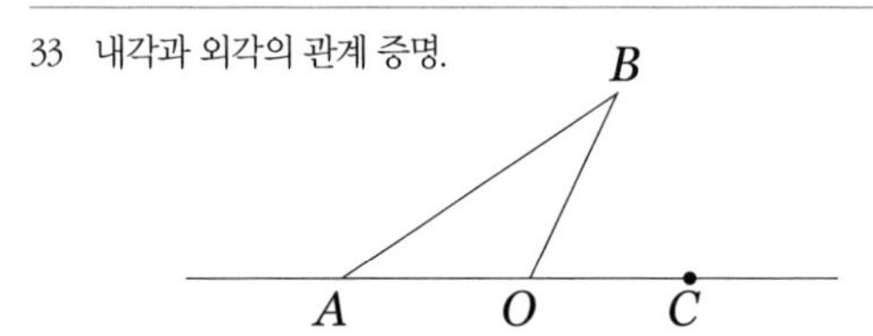


① 삼각형 $AOB$는 $180° = \angle A + \angle B + \angle AOB$

② 선분 $AOC$는 $180° = \angle AOB + \angle BOC$

③ $\angle A + \angle B + \angle AOB = \angle AOB + \angle BOC$

따라서 $\angle A + \angle B = \angle BOC$

계단은 원형이 아니라 일정한 각으로 계속 꺾여 있었다. 꺾인 각의 개수는 스무 개였다. 그러니까 아래에서 위로 올려다보면 정이십각형 형태였다.

고난도 위로 올라가야겠지?

황금비 혹시 돌발 상황이 벌어질지 모르니 무기를 챙겨서 가자.

고난도와 황금비는 계단을 타고 위로 올라갔다. 빙글빙글 돌면서 올라가다 보니 나중에는 어지러울 지경이었다. 계단 끝에 이르니 문은 없고 천장이 있는데 정이십각형이었다. 정이십각형 꼭짓점에서는 서로 다른 빛이 은은하게 반짝였고, 그 빛들은 영향을 주고받으며 뒤섞였다.

고난도 어떻게 저 천장을 열지?

황금비 빛이 움직이는 형태가 실마리 같은데….

고난도 대각선끼리 서로 계속 빛을 주고받고 있어.

황금비 대각선이 총 몇 개지?

고난도 잠깐만… 정이십각형이니까… 한 꼭짓점 당 17개씩 대각선이 그어져. 총 꼭짓점이 20개니까 17 곱하기 20을 하고…, 대각선은 서로 겹치는 쌍이 있으니까 2로 나누면… 170개야.[34]

---

34 다각형의 대각선 개수 : $\frac{n(n-3)}{2}$ ($n$은 꼭짓점의 개수)

황금비 너한테는 미안한 말이지만… 아무래도… 저 대각선을 모조리 광선검으로 그어야 할 것 같은데….

고난도 내가 괜히 광선검을 선택해서….

고난도는 투덜거리면서도 광선검을 부지런히 움직였다. 중간에 힘이 빠져서 생체물약을 한 번 먹어야만 했다. 힘겹게 광선검을 170번 정도 휘두르자 정이십각형 천장이 열렸다. 옥상이 나올 줄 알았는데 이번에는 정십이각형 형태로 위로 뻗은 계단이 나타났다.

고난도 알짜힘을 소진하게 하는 게임이네.

황금비 빨리 가자.

이번에도 빙글빙글 도는 계단을 타고 올라가니 마지막에는 정십이각형인 천장이 나타났다. 정십이각형 꼭짓점에서도 서로 다른 빛이 은은하게 반짝였고, 그 빛들은 영향을 주고받으며 뒤섞이기를 반복했다.

황금비 같은 형태야. 이번에는 정십이각형이니까… 한 꼭짓점 당 9개씩 대각선이 그어져. 총 꼭짓점이 12개니까 9 곱하기 12를 하고…, 대각선은 서로 겹치는 쌍이 있으니까 2로 나누면… 54개야.

고난도 알았어, 알았어. 54번 광선검을 휘두르란 말이잖아. 그나마 이번에는 좀 낫네.

고난도는 빠르게 광선검을 휘둘러 모든 대각선을 갈랐다. 54개 대각선을 모두 가르자 천장이 열렸고, 이번에는 정팔각형 형태인 오르막 계단이 나타났다.

고난도 끝나기는 할까?

황금비 점점 줄어들고 있어.

이번에도 계단 끝에 도달하자 정팔각형 천장이 나타났다. 정팔각형이기에 대각선 20개를 광선검으로 갈랐고, 역시 천장이 열렸다. 그다음에는 정육각형 계단이, 그다음에는 정사각형 계단이 나타났다. 정사각형 계단 끝을 가로막은 천장을 가르자 마침내 정삼각형 모양을 한 옥상으로 올라설 수 있었다. 옥상에는 제법 바람이 세게 불었다.

## *04.* 퍼즐액션 게임과 부채꼴의 비밀

### : 부채꼴의 성질 :

빌딩 옥상에서 보니 미로처럼 쪼개진 1단계 구역 전체가 한눈에 들어왔다. 1단계를 통과하기 위해 도달해야 할 목표지점도 명확하게 보였다.

고난도 목표지점이 세 곳이나 돼.

황금비 이런 게임은 보통 한 군데인데…, 도둑이 벌써 1단계를 벗어나진 못했겠지?

고난도 확인해보면 알겠지.

황금비 확인한다니…, 어떻게?

고난도는 아이템팔찌를 열었다. 연한 초록빛이 아이템팔찌에서 위로 퍼지며 화면을 만들었다. 화면은 아이템팔찌를 중심점으로 하여 정확히 같은 거리에 있는 점들이 모인 집합이었다.[35] 화면 한가운데를 손으로 누르자 중심에서 원 가장자리까지 직선이 생겼다. 직선 길이는 $15cm$로 원의 반지름이었다.

황금비 이 아이템은 전에 그 도둑을 추적할 때 쓴 레이더잖아? 게임 안인데 작동이 돼?

고난도 내가 수집한 한정판을 추적하는 용도로만 쓰는 레이더라서, 메타버스 안이면 그게 게임 속이든 가상세계든 상관없이 다 사용이 가능해.

황금비 그 도둑이 네 한정판 아이템을 훔쳐 가기라도 했어?

고난도 거의 그런 셈이지. 황금 사냥돌을 써서 도둑을 잡았는데, 비행선이 도둑을 데려가면서 황금 사냥돌도 가져가 버렸거든.

황금비 입구에서 삐 소리가 났던 게….

고난도 그래 맞아. 일부러 확인해봤는데, 내 황금 사냥돌을 아이템 팔찌에 보관하고 있는 게 분명해. 그러니까 도둑이 추적 거리 안에만 있다면 어디 있는지 알 수 있어.

레이더 선이 초록빛 원을 빙글빙글 돌았다. 레이더 범위 안에 도둑이 있다면 신호가 와야 하지만 아무리 기다려도 신호가 뜨지 않았다.

---

35 원 : 한 점에서 일정한 거리에 있는 모든 점의 집합으로 이루어진 도형.

황금비 벌써 이곳을 벗어난 걸까?

고난도 그렇지 않을 거야. 우리 둘이 쉽게 빠져나오지 못한 곳을 혼자서 그렇게 빨리 빠져나갔을 리 없어. 만약 게임에서 주어진 생명을 모두 잃고 입구로 도망친다면 내가 붙여 놓은 스티커에서 바로 신호가 왔을 거야.

황금비 스티커를 붙이는 건 나도 봤어. 그런데 그 스티커는 뭐였어?

고난도 감시 레이더면서 동시에 포획용 장치야. 내 한정판을 갖고 있으면 절대 그 포획 장치에서 벗어날 수 없어.

황금비 넌, 정말…. 그렇다면 왜 레이더에 안 잡히는 거지?

고난도 추적 범위를 조절해야겠어.

황금비 추적 범위도 조절이 가능한 레이더였어?

고난도 지금 원형 레이더 반지름이 15*cm*야. 실제 거리로 환산하면 60*m*쯤 돼. 원 면적을 구하는 공식은 $S=\pi r^2$이니까, 계산하면 $3,600\pi$, $\pi$ 값을 3.14로 놓으면 11,304㎡쯤 돼.

황금비 그렇게 측정 면적이 넓지는 않네. 그럼 감지 영역을 넓혀 봐.

고난도 원 넓이를 넓히면 그만큼 감지하는 데 시간도 오래 걸리고 감지하는 힘도 약해져.

황금비 그럼 안 되잖아.

고난도 그래서 방법이 있지.

고난도는 15*cm*인 원의 반지름을 쭉 늘였다. 반지름이 커질수록 초록빛은 점점 약해졌다. 반지름을 45*cm*까지 키운 뒤에야 손을 멈췄다. 레이더에서 45*cm*면 게임에서는 반지름이 180*m*나 되는 공간을 측정할 수 있다. 총 측정 가능 면적은 32,400$\pi$로, $\pi$ 값을 3.14로 놓고 계산하면 대략 101,736㎡가 되어 반지름이 15*cm*일 때보다 측정 면적이 9배 넓어진다.

황금비 　측정 면적이 9배나 되지만 빛이 지나치게 약해. 네 말대로라면 측정 감도가 떨어져서 제대로 추적을 못 할 거야.

고난도 　방법이 있으니까 걱정하지 마. 수천 년 전에 에라토스테네스는 부채꼴 특성을 이용해 지구 둘레도 구했어.[36] 조금 다르긴 하지만 나도 부채꼴 특성을 이용해 도둑을 잡을 거야.

레이더를 키운 고난도는 중심점에서 원까지 오른손 검지로 반지름을 쭉 긋더니 반지름과 원이 만나는 점에서 원을 따라 손끝을 움직였다. 손끝을 따라서 빛도 같이 모이면서 점점 반원이 되었고 이내 부채꼴[37] 형태로 바뀌었다. 부채꼴 안은 반지름이 15*cm*일 때처럼 색깔이 진했다.

---

36 에라토스테네스가 지구 둘레를 구한 방법.
① 햇빛은 지구 모든 곳에서 평행하게 입사한다.
② $\angle A$가 7.2°이므로 동위각인 $\angle O$도 7.2°.
③ 중심각의 크기와 호의 길이는 비례한다.
④ 7.2°일 때 호$AB$가 925*km*이므로
7.2° : 925*km* = 360° : 지구 둘레
결론. 지구 둘레는 46,250*km*(실제 지구 둘레는 40,075*km*)

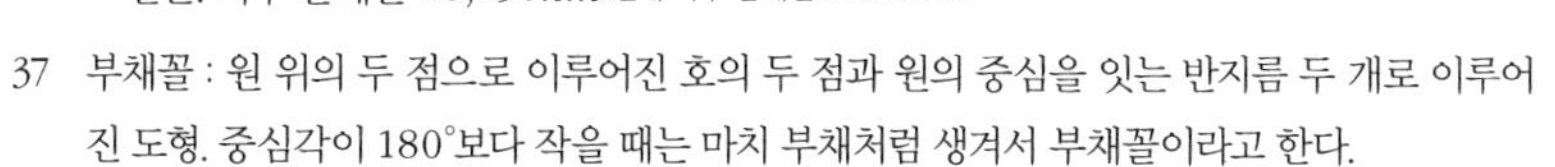

37 부채꼴 : 원 위의 두 점으로 이루어진 호의 두 점과 원의 중심을 잇는 반지름 두 개로 이루어진 도형. 중심각이 180°보다 작을 때는 마치 부채처럼 생겨서 부채꼴이라고 한다.

고난도는 부채꼴 중심각[38]에 손을 대더니 섬세하게 크기를 조절했다. 부채꼴 중심각을 조절하자 호[39]의 길이도 변했다. 중심각을 키우면 호의 길이도 길어지고, 중심각이 줄어들면 호의 길이도 줄어들었다. 동시에 중심각이 줄어들면 부채꼴의 면적도 줄어들었고, 중심각이 커지면 부채꼴의 면적도 넓어졌다.[40] 부채꼴 중심각이 줄어들면 레이더를 채운 빛깔의 채도[41]가 높아지고, 부채꼴 중심각이 커지면 채도가 낮아졌다.

고난도는 중심각을 조절하면서 1단계 목표지점 중 한 곳에 레이더를 겨냥했다.

황금비　중심각이 30°면 $\frac{30^\circ}{360^\circ}$는 $\frac{1}{12}$이니까, 부채꼴 영역이 원 면적보다 12분의 1로 줄었네. 원 면적이 32,400$\pi$였으니까 부채꼴 측정 면적은 그 12분의 1인 2,700$\pi$야.[42]

고난도　그래. 측정 면적은 12분의 1인 2,700$\pi$로 줄었지만, 그 대신 추적 능력은 12배로 강해졌어. 도둑이 목표지점을 향해 가

---

38 중심각 : 호나 부채꼴에서 끝에 있는 두 점과 원 중심을 잇는 선분이 만들어 낸 각.

39 호 : 원 위의 두 점을 양 끝으로 하는 원의 일부분.

40 한 원 안에서 부채꼴 중심각 크기와 호의 길이는 정비례한다. 중심각의 크기와 부채꼴의 면적도 정비례한다.

41 채도 : 색이 탁하고 선명한 정도를 나타낸다. 예를 들어 빨강 계통 색에서 채도가 높으면 붉게 보이고, 채도가 낮으면 무채색으로 보인다.

42 부채꼴의 면적 공식 : $S=\pi r^2 \frac{x}{360}$ ($x$는 중심각). 식이 복잡해 보이지만 원리는 간단하다. 원 면적($\pi r^2$)에 부채꼴 중심각이 차지하는 비율($\frac{x}{360}$)을 곱한 값이다. 부채꼴 호의 길이 공식은 $l=2\pi r \frac{x}{360}$ 인데, 이것도 같은 원리다. 원 둘레($2\pi r$)에서 중심각이 차지하는 비율($\frac{x}{360}$)을 곱하면 부채꼴 호의 길이가 나온다.

고 있다면 분명히 레이더에 걸려들 거야.

첫 목표지점에 레이더를 조준하고 기다렸지만, 신호가 오지 않았다. 둘째 목표지점에 레이더를 조준하고 기다렸다. 한참을 기다려도 신호가 없어서 다른 지점으로 옮기려고 하는데 약하게 삐삐 소리가 났다. 그러더니 점점 소리가 강해졌고, 마침내 레이더 위에 진한 점이 나타났다.

황금비 레이더에서 $30cm$ 지점이니까 실제 거리로 환산하면 $120m$, 각도와 거리를 고려하면 저기 저 오각기둥 빌딩이야.

황금비가 가리키는 빌딩을 자세히 살피던 고난도가 반색했다.

고난도 그 도둑이야. 도둑이 옥상에 나타났어.

황금비 아무래도 우리와 비슷한 과정을 거친 모양이네.

고난도 다시 내려가서 쫓으려면 시간이 오래 걸릴 거야. 거리를 맹렬하게 돌아다니는 퍼즐들을 피하거나 깨뜨리면서 가기도 쉽지 않고.

황금비 그렇다는 말은 다른 방법으로 가란 뜻이지.

고난도 다른 방법이라면?

황금비 옥상에 올라오면서부터 눈여겨본 게 있어.

황금비는 계단 옆으로 가더니 바닥을 손으로 쓸었다. 황금비 손에 바닥과 색깔이 같은 천이 잡혔다. 천은 재질이 부드러우면서도 매우 질겼다.

고난도 그걸로 뭘 하려고?

황금비 행글라이더를 만들 거야.

고난도 이걸로 어떻게 행글라이더를 만들어?

황금비 먼저 적당한 크기로 중심각을 정해서 부채꼴을 만들어 자르는 거야 광선검이 있으니 쉽지. 부채꼴 두 점을 잇는 현[43]을 긋고 나서 거기를 잘라. 그러면 삼각형 하나와 활꼴[44]이 하나 나오거든. 계단 옆에 설치된 얇은 파이프를 광선검으로 자르고 붙여서 행글라이더 조종대와 몸을 지탱하는 장치를 만들면 돼.

고난도 만드는 거야 어떻게 되겠지만, 그게 제대로 날아갈까?

황금비 여기는 게임 속이야. 물리 법칙이 완벽히 적용되는 바깥 메타버스와는 달라. 이 재료가 있다는 건 이용하라는 뜻이야.

고난도 그 말은 타당하네. 좋아! 해 보자.

고난도와 황금비는 중심각이 150°인 천을 넓게 펼쳤다. 부채꼴로 만들기 위해서는 먼저 적당한 중심각을 잡고 작도를 해야만 했다.

---

43 현 : 원 위에 있는 두 점을 잇는 선분.

44 활꼴 : 원 위의 두 점을 잇는 현과 호로 이루어진 활모양의 도형.

고난도 중심각을 어느 정도로 해야 할까?

황금비 150°를 그대로 사용하면 활꼴은 큰데 삼각형은 조금 작게 돼. 90°로 하면 삼각형은 괜찮은데 활꼴이 너무 작고.

고난도 그러면 중심각을 90°와 150° 사이로 움직이며 부채꼴 두 점을 잇는 선분인 현을 그어 보자.

황금비와 고난도는 레이더 각도를 이용해서 중심각을 조절하며 적당한 크기를 찾았다.

고난도 활꼴 크기가 중심각과 정확하게 정비례하지는 않네.

황금비 부채꼴에서 활꼴을 빼면 삼각형 면적이야. 삼각형 면적은 $\frac{1}{2}$×밑변×높이인데, 밑변은 반지름으로 똑같아. 그런데 높이는 0°에서 90°까지는 증가하지만, 90°부터 180°까지는 줄어드니 그 삼각형 면적도 0°에서 90°까지는 점점 커지지만, 90°에서 180°로 갈 때는 점점 줄어들어. 그러니 중심각에 따라 활꼴이나 삼각형 넓이가 정비례해서 늘어나지는 않지.[45]

고난도 부채꼴에서 현을 기준으로 활꼴과 삼각형을 나누면 되도록 표면적을 비슷하게 하는 게 좋겠는데…, 그러려면 중심각이

45 현의 길이, 활꼴의 넓이, 현과 두 반지름으로 이루어진 삼각형의 넓이는 중심각의 크기와 정비례하지 않는다.

몇 도여야 할까?

황금비　부채꼴에서 삼각형 면적을 빼면 활꼴 면적인데, 언뜻 봐도 계산이 지나치게 복잡해. 대략 110° 근처면 크기가 비슷한 것 같기는 한데 잘 모르겠어.[46]

고난도　그럼 중심각을 110°로 하자.

황금비가 110°를 표시하자 고난도는 광선검으로 천을 잘랐다. 그러고는 부채꼴에서 현을 이루는 선분을 따라서 또다시 광선검을 사용했다. 한 각은 110°고 나머지 두 각은 35°인 이등변삼각형이 만들어졌다. 다른 하나는 활꼴인데, 삼각형의 긴 변과 활꼴의 현은 같은 부채꼴에서 만들어졌기에 그 길이가 같았다.

천이 준비되자 이번에는 계단 난간을 광선검으로 잘라서 파이프를 만든 뒤 행글라이더 받침대를 만들었다. 이상하게 그냥 삼각형 모양을 갖다 대기만 했는데 딱 달라붙으며 행글라이더가 되었다. 확실히 게임 속이라 바깥 메타버스와는 달랐다. 활꼴 모양 행글라이더와 삼각형 모양 행글라이더가 만들어졌다.

---

46 부채꼴에서 삼각형과 활꼴 면적이 같아지는 중심각 크기 : 삼각함수를 알아야 계산이 가능하고, 정확한 값을 산출하기 위해서는 높은 수준의 수학 이론을 습득해야 한다. 활꼴과 삼각형 면적이 같아지는 중심각을 산출하는 방식을 대략 소개하면 다음과 같다.
$\pi r^2 \frac{x}{360} = 2 \cdot \frac{1}{2} r^2 \sin x$(부채꼴 면적 = 2×삼각형 면적). 이를 정리하면 $\frac{\pi}{360} = \frac{\sin x}{x}$.
계산하면 중심각은 대략 108.6045°가 나온다.

고난도 도둑이 아직 옥상에 있어. 아직 탈출 방법을 찾지 못한 모양이야. 빨리 가자.

황금비 행글라이더는 타 봤어?

고난도 타 본 적은 없는데 게임 안이니 걱정 안 해. 아마 조종하는 법이 어렵지는 않을 거야. 뭐 안 되면 다시 이 지점에서 살아나니까 괜찮아.

황금비 조종하는 원리는 간단해. 오른쪽으로 가고 싶으면 무게중심을 오른쪽으로 옮기고, 왼쪽으로 가고 싶으면 왼쪽으로 옮기면 돼. 위아래를 조정하는 방법은 실제 행글라이더에서는 조금 다른데, 게임 안에 있으니까 위아래로 조정하는 법도 좌우로 움직이는 법과 같을 거야.

고난도 네가 먼저 가. 그럼 너 보면서 따라서 갈게.

황금비 내가 활꼴 행글라이더를 몰 테니까 네가 삼각형을 써. 조심해.

고난도 그래 봤자. 게임 안이야.

고난도가 큰소리로 웃으며 엄지를 추켜세웠다. 황금비는 마주 보며 웃음을 지어 보이고는 행글라이더 조종대에 몸을 집어넣었다. 그러고는 목표지점으로 방향을 잡고 빠르게 달린 뒤 옥상에서 뛰었다. 행글라이더는 아래로 뚝 떨어지다가 상승기류를 타고 위로 쭉 솟구치더니 오각빌딩을 향해 빠르게 날아갔다.

고난도도 머뭇거리지 않고 황금비가 하던 방식대로 따라 했다. 때마침 불어온 맞바람 덕분에 아래로 떨어지지도 않고 그대로 위로 솟구쳤다. 빌딩보다 수십 미터 위로 떠 오른 뒤 빠르게 오각빌딩을 향해 행글라이더가 날아갔다. 조종법은 어렵지 않았다. 몸을 살짝살짝 움직이기만 하면 좌우, 위아래로 방향 전환이 되었다. 급격한 방향 전환이 조금 까다롭기는 했지만 어렵지는 않았다. 메타버스와 게임 속은 확실히 달랐다.

황금비는 빠른 속도로 비행을 해서 오각빌딩 옥상으로 내려섰다. 속도를 전혀 줄이지 않고 착륙했는데, 착륙할 때 몸놀림은 마치 영화에 나오는 초능력자 같았다. 고난도가 황금비처럼 할 수는 없었다. 오각기둥 위를 빙글빙글 돌며 속도를 늦추면서 옥상으로 접근했다.

도둑은 황금비를 보고 잠시 당황했지만, 곧바로 양손에 광선검을 꺼내 들고는 황금비를 공격했다. 황금비는 능숙한 몸놀림으로 광선검 공격을 피했다. 도둑이 광선검을 휘두를 때마다 진한 잔상이 허공으로 흩어졌다. 처음에는 조심스럽게 공격하던 도둑은 황금비에게 무기가 없다고 생각했는지 방어는 생각지도 않고 마구잡이로 공격해 들어왔다. 그것은 황금비가 파놓은 함정이었다. 황금비는 방심을 유도한 뒤에 빠르게 활을 꺼내 시위를 당겼다.

레이저 화살은 정확하게 광선검을 쥔 손을 관통했고, 도둑이 오른손에 쥔 광선검이 바닥에 떨어졌다. 게임 안이라 충격이 크지는 않았지만, 도둑은 깜짝 놀라며 뒤로 물러났다. 황금비는 틈을 주지 않고 또다시 활을 쏘았고, 화살은 어김없이 왼손에 든 광선검도 바닥으로 떨어뜨렸다. 도둑은 황금비 상대가 되지 않았다. 전투게임에서 최고등급과 초짜 등급이 맞붙은 싸움 같았다. 황금비는 머뭇거리지 않고 돌진해서 도둑을 쓰러뜨리고는 팔을 뒤로 비틀어 꼼짝 못 하게 제압했다. 어떤 모난 공간도 부드럽게 휘감아 흐르는 물처럼 아주 자연스러운 연속 동작이었다.

황금비 우리가 왜 널 쫓는지는 알지? 너한테 궁금한 게 아주 많아.

황금비는 팔을 더 강하게 비틀며 무릎으로 등을 찍어 누른 뒤 나머지 한쪽 팔도 뒤로 비틀어 당겼다. 도둑은 꼼짝도 못 하고 제압당했다. 황금비는 오른손으로 도둑의 두 손목을 한데 모은 뒤, 왼손으로 늘 두르고 다니는 스카프를 잡았다. 스카프로 도둑의 양 손목을 묶으려는 의도인 듯했다. 그때 도둑이 발을 살짝 비틀더니 오른발로 왼쪽 발뒤꿈치를 툭 쳤다. 그와 동시에 강한 폭발이 일어나며 황금비를 튕겨 냈다. 도둑은 위로 떠올랐는데 발아래에서 회전판이 빠르게 돌고 있었다. 허공에 뜬 채로 도둑은 열 손가락을 최대한 벌렸다. 손톱이 선분처럼 길게 자라나더니 툭툭 끊어졌다.

도둑이 그 선분들을 손가락으로 튕기자, 선분 한쪽 끝점을 중심으로 하여 빠르게 회전했다. 회전력이 강해질수록 보라색이 진해졌고, 마치 빈틈이 전혀 없는 원처럼 보였다. 도둑이 손가락을 슬쩍 움직이자 보라색 원반은 황금비를 노리며 날아들었다. 황금비가 재빨리 피했지만, 원반은 도둑이 손가락을 움직이는 대로 따라 움직이며 계속해서 황금비를 공격했다.

열 개나 되는 원반이 마구잡이로 달려들었지만, 황금비는 조금도 당황하지 않았다. 능숙하게 피하더니 잠시 틈이 생기자 레이저 활로 원반을 겨냥해 화살을 쐈다. 구르면서도 쏘고, 달리면서도 쏘고, 뛰어오르면서도 쏘았다. 화살이 한 발 발사될 때마다 원반은 회전을 멈추고 제자리에서 요동을 쳤다. 선분 한쪽 점은 그대로인 채 선분이 흔들리니 겉으로 보기에는 부채꼴 모양이었다. 자신을 공격하는 원반을 모조리 무력화한 황금비는 도둑이 탄 회전판을 향해 화살을 연속해서 쐈다. 레이저 화살에 맞은 회전판은 점점 속도가 느려지더니 아래로 추락했다.

황금비는 도둑이 바닥에 떨어지면 다시 제압하려고 달려갔으나 그럴 수가 없었다. 바닥에 추락한 회전판이 거대한 원으로 팽창하더니 건물 전체를 내리눌렀기 때문이다. 어마어마한 압력에 오각기둥 빌딩이 아래로 찌그러졌다. 일반 건물처럼 붕괴하는 게 아니라 수백 톤짜리 쇠판이 깔린 종이상자처럼 옆으로 퍼지지도 못하고 모양 그대로 납작하게 찌그러져 버렸다. 오각빌딩은 바닥에 정오각형 도형만 남기고 사라졌고, 보라색 선이 오각형 바깥에 외접하여 원을 남겼다.

바닥에 닿자마자 도둑은 도로를 달려서 도망을 갔다. 황금비는 이를 갈며 뒤를 쫓았다. 도로에는 방해물이 많았다. 다양한 크기의 원이 위에서 떨어지고, 정면에서 날아오고, 뒤에서 지그재그로 구르며 쫓아오고, 옆 골목에서 몸을 가를 듯이 튀어나왔다. 건물 벽에서 난데없이 부채꼴이 튀어나와 시계추처럼 흔들리며 목숨을 노리기도 했다. 깨뜨릴 방법이 없으니 피할 수밖에 없었다. 그러나 도둑은 보라색 도구들을 마구잡이로 던지며 자신에게 다가오는 원과 부채꼴을 모조리 깨뜨리며 도망쳤다. 아무리 황금비가 몸놀림이 뛰어나도 그렇게 모든 걸 파괴하고 도망치는 도둑을 따라갈 수는 없었다.

도둑은 빠르게 1단계 게임이 끝나는 지점으로 다가갔고, 황금비는 점점 뒤처졌다. 이를 악물고 속도를 올렸지만, 늘어나는 방해물에 간격은 점점 벌어졌다. 1단계 출구에 도착한 도둑은 멀리 떨어진 황금비를 뒤돌아보며 욕을 퍼붓고는 문을 열고 밖으로 나갔다. 화가 머리끝까지 난 황금비는 무서운 속도로 방해물을 돌파해서 마침내 1단계 출구에 이르렀다. 출구를 나서자 정면에는 2단계 진입을 알리는 문이 있고, 왼쪽에는 게임에서 나가는 출구 표시와 함께 구불구불한 복도가 길게 이어졌다. 황금비는 머뭇거리지 않고 출구로 향하는 복도로 뛰어들었다. 구불구불하던 복도는 출구로 갈수록 점점 반듯해지고 넓어졌다.

고난도　　늦었네.

나가는 문이 보이는 지점에서 고난도가 여유로운 웃음을 지으며 황금비에게 손을 흔들었다. 고난도 앞에는 도둑이 옴짝달싹 못 한 채 벽에 붙어있었다. 마치 끈끈이에 붙잡힌 파리 같았다.

황금비　　어떻게 된 거야?

고난도　　보시다시피.

황금비 미리 와서 기다렸던 거야?

고난도 행글라이더를 타다 보니 요령이 생기더라고. 상승기류를 타는 법도 알겠고. 어차피 출구로 나올 테니 행글라이더를 타고 끝까지 온 뒤에 이곳에서 스티커 포획기를 벽에 붙이고 기다렸지.

황금비 넌 정말….

고난도 칭찬하려는 거지?

황금비 됐다, 됐어!

황금비는 목에 두른 스카프를 벗더니 눈에 거의 보이지도 않는 투명한 실을 뽑아냈다. 그 실로 도둑의 손과 발을 묶은 뒤, 다시 스카프를 목에 둘렀다. 고난도는 눈이 동그래지더니 황금비가 두른 스카프와 도둑을 묶은 실을 번갈아 봤다.

고난도 그게 그냥 장식용 스카프가 아니었어?

황금비 일단 묶이면 그 어떤 아이템도 쓰지 못해. 이 스카프 덕분에 그것도 얻을 수 있었어.

고난도 한 번도 들어본 적 없는 아이템인데….

황금비 당연하지. 전투행성 최고 한정판 아이템 가운데 하나니까. 전투행성에서 사용하는 아이템은 다른 구역에서는 거의 쓰지 못하지만, 몇 개는 밖에서도 쓸 수 있는데 이 스카프도 그중 하나야.

고난도 탐난다! 탐나는 한정판이 두 개씩이나 내 옆에 있다니….

황금비 욕심은 아이템팔찌에 넣어 둬. 지금은 이 도둑에게서 알아내야 할 게 아주 많으니까.

황금비는 낯빛을 바꾸더니 도둑 얼굴에 바짝 얼굴을 들이밀었다. 황금비 눈빛에서 전투행성을 누비던 잔인한 전사다운 기운이 뿜어져 나왔다. 도둑은 겁을 먹고 몸을 뒤틀었다.

황금비 아무리 뒤틀어 봐야 소용없어. 너를 묶은 그 실은 내가 아니면 아무도 제거 못 해. 그 어떤 아이템도 더는 쓸 수 없고. 장담하는데 그건 피타고*X*가 와도 풀 수 없어. 벗어날 방법은 하나뿐이야. 네 아바타를 포기하거나, 나한테 네가 아는 비밀을 모두 털어놓으면 돼.

도둑 그런 황당한 협박 따위는 안 믿어.

황금비 원하면 메타버스 연결을 끊고 나갔다가 다시 들어와 봐. 장담하는데 네 아바타는 영원히 그 실에 묶인 채 자유를 얻지 못할 거야.

도둑 그런 아이템이 있다는 소리는 한 번도 들은 적이 없어.

황금비 그래! 그럼 어디 한번 마음대로 해 봐.

황금비는 피식 웃더니 뒤로 몇 걸음 물러났다.

황금비 저 포획기 제거할 수 있지?

고난도 제거야 간단한데, 그러다 도망치면 어쩌려고?

황금비 날 믿어. 저 실을 벗어날 수 있는 아바타는 이 메타버스에 없으니까.

고난도 그러다 도망치면 난 모른다.

황금비 걱정하지 말라니까.

고난도는 의심스러워하면서 포획기를 제거했다. 황금비는 고난도 팔을 잡고서 뒤로 몇 걸음 물러났다.

황금비 도망치고 싶으면 도망쳐. 네가 가진 그 수학무기를 쓰고 싶으면 마음껏 쓰고.

황금비는 최대한 빈정거리며 말했다. 벽에서 풀려난 도둑은 잠시 눈치를 보더니 손목을 이리저리 비틀고 발도 움직여 봤다. 몸을 숙여 팔꿈치로 무릎을 치기도 했다. 그러나 아무런 변화도 없었다. 만일을 대비해 몸에 숨겨둔 아이템조차 전혀 작동하지 않았다.

고난도 어, 정말 그러나 본데?

황금비 내가 뭐랬어.

도둑은 바짝 약이 올랐는지 심한 욕을 쏟아 냈다.

황금비 그런 심한 욕은 메타버스 감시*AI*가 다 잡아내서 나중에 활동정지 처분을 받을 수도 있다는 거 알지?

도둑 그딴 처분은 겁 안 나.

황금비 네 처지를 아직 모르나 본데, 네가 선택할 길은 둘 중 하나야. 이제껏 네 아바타로 쌓아온 모든 걸 포기하거나, 나한테 네가 아는 비밀을 털어놓는 것! 그 외에는 선택지가 없어. 빨리 결정해. 나는 오래 기다리는 건 질색이니까.

도둑은 온 힘을 쥐어짜며 자신을 묶은 실에서 벗어나려고 몸부림쳤다.

황금비 붙잡지 않을 테니까 폴짝폴짝 뛰어서 도망쳐도 좋아. 너도 알겠지만, 게임 출구 밖에는 메타버스와 이어진 연결을 끊는 '접속통로'가 있으니까 연결을 끊었다가 다시 들어와. 원하는 대로 해.

도둑은 끙끙거리며 벗어나려고 몸을 뒤틀었지만, 손목과 발목을 묶은 실에는 조금도 변화가 없었다.

황금비 안 잡을 테니까 도망쳐. 저기에서 기다릴 테니까 연결을 끊고 나갔다가 다시 와 봐. 아바타가 자유로워지면 그냥 도망치면 돼. 이런저런 수를 다 써 봐. 벗어나면 넌 자유야. 풀지 못하면 나한테 와. 내가 어디에서 지내는지는 잘 알지? 우리 두레채에서 게임을 훔쳐 갔으니까.

도둑은 눈치를 살피더니 벽에 기댔다. 황금비가 협박으로 내뱉은 말을 다 믿는 것 같지는 않았지만, 혹시나 하는 걱정에 이러지도 저러지도 못하는 것 같았다.

도둑 뭐가… 알고 싶은… 건데…?

황금비 네가 속한 조직과 그 조직이 사용하는 아이템, 그리고 네가 도둑질을 하는 이유와 방법.

도둑 그걸 다 말하면 내 아바타는 소멸해.

황금비 원하는 대로 해. 입 꾹 다물고 그렇게 묶인 채 무용지물이 된 아바타로 지내고 싶으면….

도둑 내가 아는 건 그리 많지 않아.

황금비 너, 전투행성에 가 봤어?

도둑은 조심스럽게 고개를 끄덕였다.

황금비 나는 전투행성을 누비고 다닌 최고 전사였어. 수없이 많은 전투를 치렀고, 포로를 잡아서 심문해 본 적도 많아. 내 앞에서 거짓말을 할 생각은 마. 네가 아는 걸 다 털어놓지 않으면 너는 결코 자유를 얻지 못할 거야.

황금비가 뿜어내는 기세는 고난도마저 기가 질릴 지경이었다. 평소에 수학탐정단 두레에서 얌전히 지내던 황금비와는 달라도 너무 달랐다.

도둑 휴… 정말 말해 주면 풀어 주는 거지?

황금비 널 괴롭힐 이유는 없어. 내 목표는 그 조직이니까.

도둑 그 조직은 생각보다 커. 네가 전투행성 최고 전사라고 해도 그들 상대는 안 돼.

황금비 잘됐네. 그러니까 편하게 털어놔.

도둑 그 조직은 곳곳에….

그때 찌지직 방해전파가 울리더니 도둑이 하는 말이 전혀 들리지 않았다. 분명히 입을 움직이는데 소리는 안 들렸다. 황금비와 고난도는 무슨 일이 벌어지나 싶어 주위를 살폈다. 변화는 벽에서 일어났다. 벽에 보라색 점 하나가 나타났다. 점은 점점 진해지더니 좌우로 선이 생겼다. 선 길이는 좌우가 똑같았다. 선은 조금씩 요동치더니 보라색 부채꼴을 만들었다. 두 부채꼴 중심각은 맞꼭지각을 이루며 같은 크기로 커졌다. 맞꼭지각에 선분 길이가 같으니 부채꼴 크기도 똑같았다. 부채꼴은 점점 커지더니 마침내 서로 만나서 완벽한 원이 되었다.

보라색 원은 점점 커졌고, 원 안에서 희미한 형체가 나타났다. 하나는 날씬하고 키가 컸고, 다른 하나는 작고 통통했다. 바로 비례요정과 너클리드였다. 황금비가 도둑에게 다가가려고 했지만, 보라색 에너지 벽에 막혀 접근이 불가능했다. 고난도가 광선검을 꺼냈지만, 광선검이 작동하지 않았다. 아이템팔찌를 열었지만 아직은 게임 속이었기에 사냥도구함에서 아이템을 꺼낼 수도 없었다. 너클리드는 도둑을 붙잡더니 원 안으로 끌고 들어갔고, 도둑은 보라색 안에 완전히 갇혔다.

비례요정　너희들, 대단하구나. 그곳에서 절대 벗어나지 못할 줄 알았는데.

너클리드　저 녀석들 상대하지 마.

비례요정　귀엽잖아. 우리를 구해 주기도 했고.

황금비　우리 게임을 훔쳐 간 도둑이에요. 돌려주세요.

비례요정　미안. 우리한테도 필요한 녀석이라.

고난도　립스틱도 훔쳐 가고, 도둑도 훔쳐 가고. 당신은 도둑 중에서 가장 나쁜 도둑이야.

비례요정　나쁜 도둑이란 평가는 고맙지만, 립스틱 도둑이란 평가는 억울해.

너클리드　말장난 그만하고 가자.

비례요정 알았어.

고난도 마스크에 그린 입술 자국이 약해졌네요.

비례요정 정말?

비례요정은 재빨리 아이템팔찌를 열어 립스틱과 거울을 꺼냈다. 거울을 보면서 립스틱으로 더 정성스럽게 마스크에 입술을 그렸다.

고난도 위험에 빠진 비례요정, 당신을 구해 주면 3년 전에 폐업한 구지롱 화장품의 한정판 립스틱을 저한테 준다고 했었죠? 그리고 저는 당신을 구했고요? 그렇지만 당신은 약속과 달리 그 립스틱을 저한테 주지 않았어요.

비례요정 새삼스럽게 그 말을 다시 꺼내는 이유가 뭐야?

고난도 억울해서 그래요.

비례요정 별걸 다 억울해하네. 그래 맞아. 네 말이 맞아. 그렇다고 뭘 어쩔 건데?

고난도 그러니까 그 한정판 립스틱은 제 거예요.

비례요정 마음껏 주장해 봐. 이런 대화도 이젠 지겹다.

비례요정은 립스틱과 거울을 아이템팔찌에 챙겨 넣더니 손을 흔들었다. 비례요정 몸이 점점 희미해졌고, 보라색 원이 부채꼴 두 개로 쪼개지더니 중심각이 점점 줄어들었고, 마침내 완전히 사라졌다.

황금비　너, 조금 전에 왜 그랬어?

고난도　뭘 말이야?

황금비　이상한 대화를 했잖아.

고난도　알아챘어?

황금비　왜 그런 거야?

고난도　이제 그 립스틱은 내 거야.

황금비　그 집착은 존경스럽다 정말.

고난도　그래, 존경하게 될 거야. 왜냐하면….

고난도는 재빨리 게임 출입문으로 나가더니 아이템팔찌를 열어서 레이더를 켰다. 레이더의 원을 키우자 강력한 신호가 레이더에 잡혔다.

황금비　너, 설마!

고난도　비례요정이 나를 기준으로 메타버스 공간에서 반지름 1백 $km$ 이내에 있다면 어디든 내가 추적할 수 있어.

황금비　게임 안에서는 추적 거리가 기껏해야 200$m$도 안 됐잖아.

고난도　그건 황금 사냥돌이 2급 한정판이기 때문이지. 그 사건 이후 내가 메타버스 관리*AI*에게 그 립스틱에 대한 소유권 이전 요청을 했고, 관리*AI*는 내가 소유권을 입증할 증거만 제출하면 인정해 주겠다고 했어. 그런데 방금 비례요정이 내가 원하는 말을 그대로 해 줬잖아. 보통은 상대방이 허락하지 않으면 대화 녹음이 안 되지만, 이 경우 특별히 소유권 분쟁이기 때문에 관리*AI*가 개입해서 녹음이 됐어. 당연하지만 관리*AI*는 바로 한정판 립스틱을 내 소유로 인정했고, 나는 곧바로 특급 한정판으로 그 립스틱을 등록했지. 그 덕분에 레이더 추적 능력은 최대치가 됐어.

황금비 넌, 정말 불가사의해.

고난도 칭찬은 고마운데, 머뭇거릴 틈이 없어. 바로 쫓아가자.

# 05. 제5원소와 정다면체 마법

## : 다면체와 회전체 :

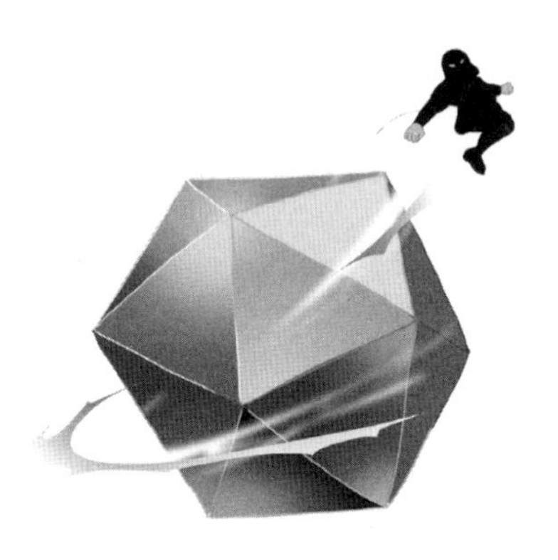

아무도 찾지 않는 버려진 놀이공원이었다. 낡은 간판이 스산하게 흔들리고, 반쯤 파괴된 공룡 인형이 잡풀 속에 묻혔고, 바퀴가 빠지고 유리창이 부서진 자동차가 도로 한복판을 차지하고 있었다. 한때 웃음과 무서움을 동시에 안겨 주었을 구불구불한 레일은 온갖 비바람에 녹슬어서 붉게 변했고, 큰 충격이라도 받은 듯한 기둥은 간신히 구조물을 지탱했다. 사람들을 기쁘게 했을 온갖 놀이기구에는 쓰레기가 수북했고, 가시덤불에 휘감긴 오리배는 허름한 눈빛으로 애타게 손님을 기다렸다. 놀이공원에서 가장 높은 곳에 자리한 대관람차는 바람이 불 때마다 삐거덕거리며 위험하게 흔들렸다. 바이킹은 스스로 흔들리며 괴이한 신음을 내뱉었다. 놀이공원 안으로 들어갈수록 으스스한 분위기가 심해졌다.

황금비 여기가 맞아?

고난도 레이더가 가리키는 곳은 여기가 확실해.

황금비 사람들 발길이 끊어진 지 오래된 곳인데, 왜 이런 데를 메타버스 관리*AI*가 그대로 두는지 모르겠네.

고난도 소유권 때문이겠지.

황금비 아무리 소유권이 있어도 이렇게 방치된 공간은 강제로 제거될 텐데.

고난도 그걸 따질 때가 아니야. 지금 그들이 있는 곳이 눈앞에 나타났으니까.

앙상한 철골 구조물 아래로 거대한 피에로가 입을 크게 벌린 채 웃고 있었다. 세월에 찌든 하얀 얼굴은 거무튀튀한 먼지가 수북하게 앉았고, 붉은 물감은 빗물에 흘러내려 더욱 괴기한 표정을 빚어냈다. 특히 상어처럼 날카로운 이빨이 보이도록 크게 입을 벌린 입구는 공포심을 극대화했다.

황금비 피에로 입 안으로 들어가야 하는 건 아니지?

고난도 나도 아니길 바라지만 입구가 여기밖에 없어.

황금비 그들이 있을 법한 곳이긴 하네. 들어가자.

결론이 명확해지자 황금비는 머뭇거리지 않고 피에로 입을 향해 걸어갔다. 고난도도 곧바로 뒤를 따라갔다. 황금비가 피에로 입으로 들어가려는데 고난도가 우뚝 멈춰 서며 황금비 어깨를 잡았다.

황금비 왜 그래?

고난도 이상한 소리가 들려서. 신음 같은데….

황금비 뭔 소리가 들린다고 그래?

고난도 잘 들어 봐. 들리잖아.

고난도가 어둠을 응시했다. 처음에는 밝은 데서 어둠을 보니 아무것도 보이지 않았다. 그러나 시선을 집중하자 구석진 곳에서 희뿌연 색이 느껴졌다. 고난도는 조심스럽게 그곳으로 갔다. 소리는 축구공만 한 하얀 금속 구에서 나왔다. 어떤 소리가 들리는데 정확히 알아듣기는 어려웠다. 발음이 부정확했고 무엇보다 배터리가 떨어진 듯했다. 가만히 들어 보니 뭐를 찾아달라는 말처럼 들려서 주변을 살폈다. 조금 떨어진 곳에 금속 구와 크기가 비슷한 원기둥 형태가 보였다.

고난도는 구를 든 채로 원기둥을 집어 들었다. 왼손에 구, 오른손에 원기둥을 들고서는 거리를 좁히자 갑자기 구와 원기둥이 마치 자석이 붙듯이 서로 잡아당기더니 한몸이 되었다. 원기둥과 한몸이 되자 구에 초록색 불이 들어오면서 눈과 입 형태가 나타났다. 그러더니 초록색 글씨가 나타났다.

'날개와 꼬리를 찾아 주세요.'

황금비도 그 글씨를 봤다. 고난도와 황금비는 주변을 샅샅이 뒤진 끝에 꼭지각이 15°쯤 되는 이등변삼각형[47] 네 개를 찾았다. 이등변삼각형을 가까이 대자 얼굴 금속 구 옆으로 잠자리 날개와 같은 모양으로 꼭지각이 구에 달라붙었다. 바닥을 더 힘들게 뒤져서 꼬리도 찾았다. 꼬리 끝에는 작은 원뿔이 달렸는데, 원기둥에 가져다 대니 아무것도 없는 꼬리 부분이 원기둥 밑면 중심에 달라붙고, 원뿔은 빙글빙글 돌더니 초록색 불이 들어왔다. 꼬리에 불이 들어오자 로봇은 잠자리 날개처럼 달린 이등변삼각형, 네 개를 흔들면서 날아다녔다. 로봇은 고난도 머리 위를 날아다니며 마치 반려동물처럼 귀엽게 굴었다. 고난도는 활짝 웃으며 로봇을 부드럽게 쓰다듬었다.

고난도 이름이 뭐야?

로봇 내 이름은 … 내 이름은 … 지워짐. 이름을 지어 주기 바람.

고난도 귀여우니까… '자룡이' 어때?

황금비 귀여운데 이름이 왜 자룡이야?

고난도 그걸 꼭 설명해야 해?

로봇 자룡이, 자룡이, 이름 좋음. 나는 자룡이.

고난도 히히, 역시 나랑 통한다니까. 그나저나 자룡이 너는 여기서 뭐 하고 있었어?

---

47 이등변삼각형 : 두 변의 길이가 같은 삼각형. 길이가 같은 두 변으로 이루어진 각을 꼭지각, 꼭지각이 아닌 두 각을 밑각, 꼭지각의 대변을 밑변이라고 한다. 밑각은 그 크기가 서로 같다.

자롱이 과거 기억은… 모두 삭제됨.

고난도 누가 기억을 지우고 버렸구나. 그럼 우리랑 같이 다닐래?

자롱이 자롱이, 같이 다니겠음.

그때 황금비가 심각한 표정을 짓더니 고난도에게 귓속말을 했다.

황금비 저 로봇이 만약에 너클리드나 피타고X가 일부러 놔둔 거면 어쩌려고?

고난도 그럴 리 없어. 우리는 처음에 자롱이가 있는지도 몰랐잖아.

황금비 그렇다 해도 지금은 모든 걸 의심해야 할 때야.

고난도 나는 내 직감을 믿어. 분명히 자롱이는 우리한테 큰 도움을 줄 거야.

고난도는 일반 대화로 바꾸더니 밝게 말했다.

고난도 나는 고난도, 얘는 황금비야.

자롱이 고난도, 황금비. 기억 완료.

고난도 그럼 가자.

자롱이는 날개를 흔들며 고난도 머리 위에서 날았다. 꼬리에서 빛이 나와서 앞을 비추었기에 어둠을 뚫고 가기가 수월했다. 아무것도 없는 공간이 길게 이어졌는데, 천장이 갑자기 높아지더니 손가락보다 가는 쇠기둥이 바닥에 불규칙한 간격으로 박힌 장소가 나타났다. 얇지만 단단한 도형이 쇠기둥에 하나씩 붙었는데, 도형은 직각삼각형, 사각형, 사다리꼴, 반원 등 다양한 형태였다. 도형이 붙은 쇠막대기가 워낙 많아서 언뜻 보면 도형으로 이루어진 숲 같았다. 형태와 빛깔을 고려했을 때 설치된 지 얼마 안 된 듯한데, 용도가 무엇인지는 가늠하기 어려웠다.

잔뜩 경계하며 도형으로 이루어진 숲에 들어서려는데 미지수지에게서 연락이 왔다.

미지수지 어떻게 됐어?

황금비 그 도둑을 추적하는 중이야.

미지수지 아직도 게임-놀이공원이야?

황금비 아니. 여기는 폐허가 된 놀이공원이야. 조금 복잡한 일이 생기는 바람에….

미지수지 위험하지는 않아?

황금비 강력한 적인데, 위험이야 언제나 있지.

미지수지 역시 이 사람이 한 말이 맞구나.

황금비 이 사람이라니?

미지수지 스키장으로 이상한 차림을 한 아바타가 찾아왔어. 그 아바타는 흰색 반소매 상의에 검은색 반바지를 입고, 신발조차 걸치지 않은 상태야.

황금비 메타버스에서 기본으로 제공하는 형태잖아. 아무것도 꾸미지 않은.

미지수지 맞아. 그리고 상의가 작아서 하복부가 다 드러났는데 단단한 복근이 유난히 도드라져. 흰 눈이 수북이 쌓인 스키장에 그런 차림으로 나타났는데, 미친 아바타인 줄 알고 처음에는 도망치려고 했다니까.

황금비 정체가 뭐야?

미지수지 그게 명확하지 않아.

황금비 혹시 피타고$X$가 보낸 밀정일지도 몰라.

미지수지 그래 보이지는 않아. 딱 봐도 좀 모자라 보이니까.

황금비 아무튼 조심해.

미지수지 그 아바타가 너희한테 위험이 닥쳤다면서 빨리 도와주러 가야 한다고 했어.

황금비 앞으로 어떤 일이 벌어질지는 모르지만, 지금은 위험하지 않아. 짙은 어둠이 우리를 기다리고 있기는 하지만….

미지수지 어쨌든 거기 어디야?

황금비 내가 위치정보를 보내줄게. 잠시만… 보냈어.

미지수지 여기는….

고난도 저게 뭐지?

황금비 어, 위험해! 빨리 피해….

고난도와 황금비가 다급하게 내지르는 소리와 함께 지지직거리며 통신이 끊겼다. 미지수지가 여러 번 연락을 시도했지만, 통신은 다시 연결되지 않았다.

나우스　어떻게 된 거야?

미지수지　모르겠어. 위험한 일이 닥쳤나 봐.

제곱복근　내 말대로지. 너희 친구들이 위험에 처했어. 지금 당장 도우러 가야 해.

미지수지　당신을 어떻게 믿죠?

제곱복근　너희들을 해치려고 했다면 이런 식으로 접근하지 않아.

일단은 그 말을 믿는 수밖에 없었다. 지금은 위험에 처한 친구들을 구하러 가는 게 급했다.

미지수지　여기 보내온 좌표까지 빠르게 갈 방법이 있을까요? 이 좌표 근처에는 단축이동기도 없어요.

제곱복근　나한테 맡겨.

제곱복근은 아이템팔찌에서 긴 선분 두 개, 직사각형 하나, 정사각형 하나, 자기 몸보다 몇 배나 큰 원을 하나 꺼냈다. 선분을 빼고는 모두 평면도형이었다. 제곱복근은 정사각형을 바닥에 놓더니 직사각형을 그 위에 놓고 정육면체 모양으로 바구니를 만들었다. 네다섯 명이 들어가도 충분할 만큼 바구니 부피가 꽤 컸다. 제곱복근은 선분을 반으로 접더니 바구니 귀퉁이에 선분 끝을 각각 이었다. 그러자 긴 손잡이 두 개를 바구니에 단 모양이 되었다. 큰 원을 자세히 보니 얇은 파이프가 지름을 가로지르는데, 그 파이프 끝점은 원에서 살짝 밖으로 삐져나와 있었다. 그 삐져나온 부분에 바구니를 연결한 선분을 걸었다.

형태만 보면 마치 열기구 같았다. 다른 점이라면 열기구의 풍선 부분이 입체가 아니라 평면도형이라는 것이다. 얼핏 보면 열기구와 비슷하지만, 절대 하늘을 날 수 없는 기구였다. 제곱복근은 아이템팔찌에서 자전거를 꺼내더니, 바구니 한가운데에 설치하고는 가는 줄을 큰 원의 지름을 가로지르는 파이프에 연결했다.

제곱복근 어서 타.

미지수지 이걸 타라고요?

나우스 농담하지 마세요.

미지수지와 나우스가 비웃었지만, 제곱복근은 강하게 손짓하며 정육면체 바구니에 올라타도록 했다. 제곱복근은 연산균, 나우스, 미지수지가 자리를 잡자 자전거에 올라타 페달을 밟았다. 자전거 바퀴가 돌자, 그에 연결된 실이 큰 원을 가로지르는 파이프에 동력을 전달했다. 파이프가 회전하자 그에 연결된 큰 원도 따라서 회전했다. 회전력을 받은 큰 원이 점점 위로 떠올랐고, 회전 속도는 시간이 갈수록 빨라졌다. 원이 회전축을 중심으로 빙글빙글 돌자 형태는 점점 공 모양, 즉 구가 되었다.

회전이 빨라지면서 틈새가 보이지 않는 완벽한 구로 변신하자 열기구처럼 위로 떠올랐다. 멀리서 보면 열기구와 구분이 안 될 정도였다. 열기구는 자전거 손잡이를 트는 방향대로 움직였다. 페달이 동력이고, 손잡이가 조종간이었다. 열기구가 이동하는 속도는 믿을 수 없을 만큼 빨랐다.

한편, 고난도와 황금비는 불화살 공격에 놀라서 다급히 피했다. 불화살은 뒤편에서 날아와 곳곳에 떨어지며 주변을 환하게 밝혔다. 기둥 뒤로 숨은 고난도와 황금비는 철제 계단을 타고 기둥 위로 올라갔다. 자룡이는 날아서 기둥 위로 올라오더니 꼬리를 밝히던 불빛을 없앴다. 불빛이 사라지자 몸이 천천히 아래로 내려왔고, 고난도는 그런 자룡이를 안아 들었다.

기둥 위에서는 전경이 훤히 보였다. 조금 전에 보았던 도형 숲을 넘어가면 물살이 소용돌이치는 강이 저편과 이편을 가르고, 강 너머에는 보라색 선들이 얼기설기 엉킨 구조물이 어지럽게 들어서 있었다. 강을 건너는 다리는 없고 날카로운 원뿔[48]과 각뿔[49]이 교차하며 이편과 저편을 잇고 있는데, 꼭짓점이 워낙 좁고 날카로운 탓에 원뿔과 각뿔을 이용해 강

---

48 원뿔 : 원 평면 밖의 한 점과 원둘레의 모든 점을 연결하여 생긴 곡면과 밑면인 원으로 둘러싸인 입체도형. 원뿔이라고 하면 꼭짓점과 밑면의 중심을 잇는 직선이 밑면에 직교하는 원뿔을 가리키며, 직교하지 않은 원뿔을 '빗원뿔'이라고 한다.

을 건널 방법은 없었다.

소란스러운 발소리가 들리더니 보라색 두건을 쓴 무리가 나타났다. 그들은 대형을 유지하며 일사불란하게 움직였다.

고난도 피타고$X$ 부하들인가?

황금비 그래 보이네.

그들은 화살에 카드를 붙이더니 일제히 도형 숲을 향해 쏘았다. 수십 발이나 되는 화살이 도형 숲에 떨어졌지만 아무런 변화도 일어나지 않았다. 다시 다른 카드를 화살에 붙이고 쏘았지만 역시 변화는 없었다. 가만히 지켜보던 보라색 무리는 천천히 도형 숲으로 진입했다. 숲이 거의 끝나는 지점에 선두가 도달하고 마지막 무리가 숲에 막 진입할 때였다.

쇠기둥이 빠르게 회전하자 평면도형이 입체도형으로 바뀌었다.[50] 직각삼각형이 붙은 기둥은 원뿔로, 사각형은 원기둥으로, 사다리꼴은 원뿔대[51]로, 반원은 구 모양으로 변했다. 완전한 입체 형태가 되자 회전체에서 환한 빛이 쏟아지며 주위가 밝아졌다.

---

49 각뿔 : 밑면의 각 변을 밑변으로 하고, 밑변 밖에 있는 한 점을 꼭짓점으로 하는 삼각형으로 이루어진 입체도형. 밑면을 제외한 나머지 면은 모두 삼각형이다. 밑면이 사각형이면 사각뿔, 오각형이면 오각뿔이라 부른다.

50 평면이 회전축을 중심으로 회전하면 입체 형태가 나타난다. 평면이 회전해서 만드는 입체를 정확히 떠올리려면 공간을 인식하는 능력과 풍부한 상상력이 필요하다.

51 원뿔대 : 원뿔을 밑면에 평행한 평면으로 자르면 두 입체도형이 생기는데, 이때 원뿔이 아닌 쪽의 입체도형. 옆에서 보면 사다리꼴 형태고, 위에서 보면 원형이 두 개 겹친 모습이다.

그렇지 않아도 빽빽하던 도형들이 모두 회전체가 되니 아바타가 지나갈 만한 공간이 거의 사라졌다. 어떤 회전체는 모양이 변했다. 예를 들어 직각사각형이 기둥에서 뚝 떨어져 나가 회전축을 중심으로 맹렬히 돌자 가운데가 비워진 원통이 되고, 작은 원이 기둥에서 떨어져 회전하자 도넛 형태가 되는 식이었다. 안쪽에 공간을 만들며 도는 회전체에 많은 아바타가 갇혔다. 그 안에 갇힌 아바타는 움직임이 둔해지더니 하나둘씩 바닥에 쓰러졌다. 회전체가 알짜힘을 빼앗는 듯했다.

아직 쓰러지지 않은 아바타들은 탈출하기 위해 이러저러한 시도를 하였다. 칼과 같은 무기를 휘두르기도 하고, 카드를 쓰기도 하고, 회전을 방해하기 위해 갖가지 물건과 아이템을 썼지만 무용지물이었다.

고난도 저기 봐. 회전이 멈췄어.

황금비 어, 그러네. 왜 멈췄지?

회전이 멈추자 공간이 열렸고, 몇몇 아바타가 앞으로 나아갔다. 보라색 아바타들은 앞을 가로막는 회전체를 향해 물풍선을 집어 던졌다. 물풍선은 회전체와 충돌하며 터졌고, 풍선 안에 든 색소가 회전체 표면을 덮었다. 아바타들은 지속해서 물풍선을 던졌다. 색소를 뒤집어쓴 회전체는 빛이 사라지면서 회전을 멈추고 평면도형으로 되돌아갔다.

고난도 회전체 표면을 가려서 빛이 나오지 못하게 막아야 하나 봐.

선두에 선 아바타들은 회전체 숲을 빠져나갔지만, 후미 쪽 아바타들은 대부분 알짜힘을 잃고 쓰러졌고, 이내 모습이 사라졌다. 강물 앞에 선 아바타들은 상의를 하더니, 서로가 지닌 여러 도구를 결합해서 큰 기계를 만들었다. 기계에 빛이 들어오더니 붉게 달아올랐다. 마치 용광로처럼 기계가 달아오르더니 부채꼴 형태를 한 레이저가 강물 표면과 수평으로 발사되었다. 레이저는 강물 위로 삐죽이 솟아오른 원뿔과 각뿔을 수평으로 잘랐다. 물살이 부딪치자 잘린 부분은 흐르는 물에 떠서 멀어졌다. 잘려 나간 뿔 부위가 사라지자 원, 사각형, 오각형 등이 징검다리처럼 드러났다. 레이저를 쏜 기계는 강한 열을 견디지 못하고 물처럼 녹아서 바닥으로 흘러내렸다.

아바타들은 징검다리를 밟으며 강물을 건넜다. 선두가 무사히 강물을 건너자 뒤를 따라 아바타들이 줄지어 건넜다. 아바타들이 징검다리를 밟으며 건너는데 갑자기 노란 오리배 한 척이 강물을 따라 오더니 징검다리 근처에서 폭발했다. 불꽃이 치솟으며 아바타와 징검다리를 동시에 날려버렸다. 이어서 오리배 여러 척이 무서운 속도로 내려오더니 잇달아 폭발했다. 그 바람에 앞서서 건너던 아바타들은 무사히 강을 건넜지만, 뒤에 처졌던 아바타들은 폭발과 함께 소멸하고 말았다.

황금비 저 강물을 건너려면 징검다리도 만들고, 오리배도 막아야 하고, 난감하네.

강물을 건넌 아바타는 아홉 명뿐이었다. 기묘한 구조물이 천장을 가린 곳을 아바타들이 조심스럽게 움직였다. 주변을 경계하며 걷던 아바타들이 우뚝 멈춰 섰다. 너클리드가 나타났기 때문이다. 너클리드 머리 위에는 정다면체[52] 다섯 개가 떠 있었다. 정십이면체가 중심에 있고, 그 주변으로 정사면체, 정육면체, 정팔면체, 정이십면체가 천천히 돌았다.

보라색 아바타들은 너클리드를 보자마자 활을 꺼내더니 화살을 메겨 일제히 쏘았다. 너클리드가 손을 움직이자 정육면체에 빛이 들어왔다. 먼저 8개 꼭짓점에 빛이 들어오더니 12개 모서리로 빛이 번졌고, 정사각형으로 이루어진 6개 면 중심에 빛이 모이면서 주변으로 빛이 뻗어나갔다. 빛은 너클리드 손끝에도 닿았는데, 너클리드가 손을 흔들자 흙이 위로 솟아오르며 단단한 벽을 만들어 날아오는 화살을 막았다. 설명은 길지만, 순식간에 벌어진 일이었다.

화살 공격이 막히자 아바타들은 액체가 가득 든 풍선을 꺼내더니 너클리드를 향해 집어 던졌다. 그러고는 화살을 쏘아 액체 풍선을 터트렸다. 액체 풍선은 화살을 맞자 폭발하며 강렬한 불길을 뿜어냈다. 너클리드가 손을 움직이자 이번에는 정이십면체에 빛이 들어왔다. 먼저 12개

52 정다면체 : 각 면이 모두 합동인 정다각형이고, 각 꼭짓점에 모인 면의 개수가 모두 같은 다면체.

| 정다면체 이름 | 정사면체 | 정육면체 | 정팔면체 | 정십이면체 | 정이십면체 |
|---|---|---|---|---|---|
| 한 면의 모양 | 정삼각형 | 정사각형 | 정삼각형 | 정오각형 | 정삼각형 |
| 면의 개수 | 4 | 6 | 8 | 12 | 20 |
| 꼭짓점의 개수 | 4 | 8 | 6 | 20 | 12 |
| 모서리의 개수 | 6 | 12 | 12 | 30 | 30 |

꼭짓점에 빛이 들어오더니 30개 모서리로 빛이 번졌고, 정삼각형으로 이루어진 20개 면 중심에 빛이 모이면서 주변으로 빛이 뻗어나갔다. 빛은 너클리드 손끝에도 닿았는데, 너클리드가 손을 흔들자 주위를 흐르는 강물이 몰려들더니 불길을 집어삼켰다. 불길은 물을 만나자마자 삽시간에 소멸하였다.

공격을 막은 너클리드는 정사면체를 빛나게 했다. 먼저 4개 꼭짓점에 빛이 들어오더니 역시 6개 모서리로 빛이 번졌고, 정삼각형으로 이루어진 4개 면 중심에 빛이 모이더니 불꽃이 일어났다. 이어서 너클리드는 정팔면체를 움직였다. 6개 꼭짓점에 빛이 들어오더니 12개 모서리로 빛이 번졌고, 정삼각형으로 이루어진 8개 면 중심에서 하얀빛이 풍선처럼 부풀어 올랐다. 너클리드는 불꽃을 앞으로 움직이더니, 하얀 풍선을 터트렸다. 강렬한 회오리바람이 불꽃을 거대하게 부풀리며 주변을 삽시간에 불바다로 만들었다. 강력한 바람이 잇달아 아바타들을 향해 몰아쳤고, 타오르는 불 속에서 아바타들은 하나도 남김없이 소멸하였다.

고난도 저게 어떻게 된 거야?

황금비 4원소를 이용한 공격이야.

고난도 4원소라니… 그게 뭔데?

황금비 고대 그리스 철학자 플라톤은 만물이 4원소를 기본으로 이루어졌다고 생각했어. 흙, 불, 공기, 물이 4원소인데 그 성질이 서로 변화하면서 우주를 이루는 모든 물질을 이룬다고 믿었지.

고난도 4원소와 정다면체는 무슨 관계야?

황금비 정다면체는 다섯 개밖에 존재할 수 없어. 그 다섯 개는 정사면체, 정육면체, 정팔면체, 정십이면체, 정이십면체야. 기하학을 좋아했던 고대 그리스인들은 정다면체를 신비하게 여겼어. 결국 그리스인들은 4원소설과 정다면체를 연결해서 불은 정사면체, 흙은 정육면체, 공기는 정팔면체, 물은 정이십면체와 성질이 같다고 생각했어.[53]

고난도 정십이면체가 남잖아.

황금비 정십이면체는 우주 전체와 대응해. 그러니까 정십이면체가 우주를 이루고, 그 안에 정다면체, 네 개가 물질을 만들어 냈다고 본 거지.

고난도 그러고 보니 저 복잡한 구조물… 가만히 보니 정십이면체를 연속해서 이어 놓은 모양이야. 그나저나 너는 이런 걸 다 어떻게 알아?

---

53 정다면체와 세상 만물을 구성하는 원리를 연결하는 사고방식은 근대과학을 연 케플러에게도 이어질 만큼 오랫동안 유럽 사회에 영향을 끼쳤다. 케플러는 뉴턴이 만유인력을 발견하는 데 토대를 쌓은 근대 과학자인데, 케플러의 3대 법칙으로 유명하다. 케플러는 태양을 중심으로 도는 궤도와 정다면체를 연결해서 생각했다. 그가 한 생각은 다음과 같다. "지구 궤도는 모든 궤도의 척도이다. 여기에 정십이면체를 외집시키면 이 입체에 외접한 구가 화성의 궤도가 된다. 화성의 궤도에 정사면체를 외집시키면 이 입체에 외접하는 구가 목성의 궤도다. 목성의 궤도에 정육면체를 외집시키면 이 입체에 외접하는 구가 토성의 궤도다. 지구 궤도에 정이십면체를 내접시키면 이 입체에 내접하는 구가 금성의 궤도다. 금성의 궤도에 정팔면체를 내접시키면 내접하는 구가 수성의 궤도가 된다."

황금비 전투행성 구역 중에서 저 4원소를 이용해 싸우는 곳이 있거든. 그곳에서는 너클리드가 사용하는 저런 방어와 공격은 아무것도 아니야. 문제는 전투행성에서도 특정한 구역이 아니면 사용하지 못하는 4원소 마법을 이런 데서 아무렇지 않게 사용한다는 점이야.

고난도 만약에 너도 저걸 사용할 수 있으면 너클리드는 가볍게 제압하겠네.

황금비 당연하지. 비슷한 무기 성능이라면 그 누구도 내 상대가 안 돼.

고난도 그럼 일단 정다면체를 만들어서 들고 가자.

황금비 정다면체를 만든다고 저 안에서 4원소가 지닌 힘을 쓸 수 있을까?

고난도 그거야 모르지만 일단 만들어야지. 안 그러면 아무런 대책도 없이 불에 타서 소멸하거나, 물에 빠져 사라질 테니까.

황금비 알았어. 일단 내려가자.

황금비와 고난도는 기둥에서 내려왔다. 땅으로 내려오자 자룡이 꼬리 끝에 달린 원뿔에서 초록빛이 들어왔고, 자룡이는 얼굴 옆에 달린 날개를 흔들며 고난도 품을 벗어나 날아올랐다.

# 06. 톰 소여와 페인트칠 놀이

## : 입체도형의 겉넓이 :

기둥에서 내려오자마자 황금비는 회전체 숲을 살피고, 고난도는 아이템팔찌를 열어서 보관함을 뒤적거렸다. 황금비가 회전체 숲에 접근하자 회전력으로 인한 바람이 더 거세졌다. 황금비는 회전체 곳곳을 꼼꼼하게 살피더니 뒤로 물러났다.

황금비　빈틈이 거의 없어. 처음에는 어떻게 들어가겠지만, 곧바로 막힐 거야. 회전체 표면을 가릴 방법을 찾아야 하는데…. 넌 뭐 하는 거야?

고난도　그걸 어디에 저장해 뒀는데….

황금비　뭘 찾아?

고난도 아, 여기 있다!

고난도는 보관함 구석진 데서 몇 가지 잡동사니를 꺼냈다. '페인트'란 글씨가 쓰인 작은 통 다섯 개와 손잡이가 달린 긴 막대 하나, 그리고 두 줄로 자잘한 구멍이 뚫린 스프레이 분사기였다. 고난도는 막대 끝에 스프레이 분사 장치를 연결하고, 손잡이 앞에 페인트 통을 달았다.

황금비 이것들은 다 뭐야?

고난도 회전체를 멈춰 세울 아이템.

황금비 페인트 분사 장치네. 도대체 이걸 왜 가지고 있어?

고난도 예전에 톰 소요 모험 놀이 체험행사에 참여한 적이 있거든.

황금비 톰 소여 모험 놀이?

고난도 톰 소여 몰라?

황금비 알긴 아는데….

고난도 톰 소여의 모험을 보면 톰 소여가 페인트를 칠하는 장면이 나오잖아. 처음에 톰 소여는 그 일을 정말 싫어했고, 친구에게 놀림까지 당해. 그렇지만 나중에는 페인트칠을 아무나 함부로 못 하는 재미난 일로 인식하도록 만들었고, 결국 이런 저런 귀한 물건을 받고 아이들에게 페인트칠을 시켜 먹어.

황금비 나도 그 이야기는 알아. 그런데 네가 어떻게 페인트를 칠하는 도구를 가지고 있냐고?

고난도　어린이 동화나라 체험관에서 톰 소여 모험을 체험했거든. 거기 가면 유명한 이야기들 속으로 직접 들어가 다양하게 체험하는 행사를 하는데, 톰 소여의 모험 체험놀이에서 페인트칠뿐 아니라 섬으로 가출하기, 숲에서 칼싸움하기, 인디언 조와 싸우기 등도 해 봤어. 그때 페인트 도구뿐 아니라 체험 행사에서 썼던 아이템을 보관해 두었거든.

황금비　넌 정말….

고난도　칭찬을 하려면 끝까지 해.

황금비　내가 말을 말아야지.

고난도는 페인트칠 장치를 들고 회전체 숲으로 다가갔다. 바람을 일으키며 도는 회전체에 페인트 스프레이를 뿌리려던 고난도가 고개를 갸웃하더니 손에 든 장비를 바닥에 내려놓았다.

황금비　이제 칠하기만 하면 되는데 왜 멈춰?

고난도　계획도 없이 칠하면 안 될 듯해.

황금비　그건 왜?

고난도　페인트 통이 딱 다섯 개라서 마음껏 칠할 수가 없어.

황금비　최소한으로 칠하고 통과할 수 있는 길을 찾아야겠네.

고난도　지나갈 구간에 있는 회전체의 표면적을 정확히 계산해야 할 거야. 안 그랬다가는 끝까지 가지도 못했는데 페인트가 떨어질지도 몰라.

황금비 내가 기둥 위에 올라가서 확인해 볼게.

황금비는 다시 기둥 위로 올라가서 회전체 숲을 자세히 관찰했다. 회전체 크기와 개수 등을 고려해서 적당한 구간을 두 곳으로 좁혔다. 그러나 두 곳 중 어떤 데가 더 페인트가 적게 드는지 눈대중으로만 확인하기는 어려웠다. 황금비는 눈으로 파악이 가능한 모양과 크기를 최대한 정확하게 기록했다. 그렇지만 정확한 수치는 알 수가 없었다. 다시 바닥으로 내려온 황금비는 고난도에게 자신이 찾아낸 구간을 보여 주며 설명했다.

황금비 두 구간 모두 원기둥, 원뿔, 원뿔대, 구가 하나씩 있어.

고난도 표면적을 정확히 계산하려면 수치가 필요한데…, 어차피 큰 차이도 안 나니까 그냥 모험을 해 볼까?

황금비 이럴 때 나우스가 있으면 참 좋은데.

고난도 걔가 찍기 실력 하나는 최고지.

가만히 이야기를 듣던 자롱이가 꼬리로 고난도 어깨를 건드렸다.

고난도 왜 그래?

자롱이 자롱이, 측정 장치 있음.

고난도 정말?

고난도는 손뼉을 치며 환호했다. 자룡이는 꼬리를 흔들며 좋아하더니 날개를 저으며 위로 떠올랐다. 자룡이가 회전체 위로 접근하자 강한 반발력이 일었다. 반발력이 워낙 강해서 자룡이는 중심을 잃고 바닥으로 추락했다. 황금비가 재빨리 받지 않았다면 심하게 부서질 뻔했다.

고난도 회전체 숲에 저런 반발력이 있다면 측정이 어렵겠는데.

자룡이 자룡이, 먼 거리도 측정 가능.

고난도 그래? 그러면 기둥 위로 올라가서 측정할 수 있어?

장룡이 당연히 가능.

그들은 다시 기둥 위로 올라갔다. 황금비는 밝게 빛나는 회전체 숲에서 유난히 짧은 구간 두 곳을 가리켰다.

황금비 저 두 곳이 보이지. 두 곳 모두 원기둥, 원뿔, 원뿔대, 구 순서로 배치되어 있어.

고난도 일단 왼쪽 구간부터 측정하자.

황금비 겉넓이를 정확히 알려면 전개도를 이용해야 해.

고난도 먼저 원기둥은 밑면의 넓이와 윗면의 넓이가 같으니까 원의 반지름만 측정하면 윗면과 아랫면 면적은 정확히 알 수 있어.

황금비 원기둥을 전개도로 펼치면 옆면은 직사각형이야. 가로는 원둘레 길이와 같고, 세로는 원기둥 높이야. 그러니까 원기둥을 이루는 원의 반지름과 원기둥의 높이만 알면 겉넓이를 계산할 수 있어.[54]

자롱이 꼬리에서 초록빛 레이저가 원기둥으로 쏘아졌다. 자롱이는 먼저 간단하게 측정이 가능한 높이부터 쟀다. 정확도를 높이기 위해 반복 측정했다. 높이를 잰 뒤에는 원기둥을 이루는 원의 지름을 측정했다. 반지름은 지름을 2로 나누면 되기 때문이다. 측정을 다 끝낸 뒤에 황금비가 수치를 기록했다.

고난도 원뿔도 밑면은 원이니까 반지름을 측정해야겠지.

황금비 당연하지. 문제는 그다음이야. 높이를 측정해야 하는지 옆면의 길이인 모선을 측정해야 하는지 헷갈려.

고난도 원뿔을 전개도로 펼치면, 밑면은 원이고 뿔 부분은… 부채꼴이잖아. 그럼 부채꼴 넓이를 알아야 하니까 원뿔 꼭짓점에서 밑면 원까지 거리인 모선을 측정하는 게 맞네.

---

54 원기둥의 전개도.

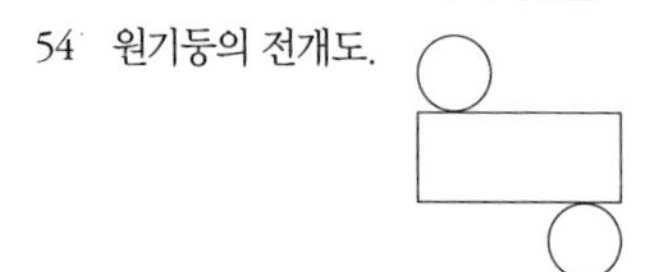

↳ 두 원의 면적과 직사각형 면적을 알면 원기둥의 표면적을 구할 수 있다.

황금비 그렇지만 각도를 모르잖아. 부채꼴 면적을 알려면 각도를 알아야 하는데….

고난도 잠깐만…. 부채꼴 넓이($S$)를 구하는 공식은 $S=\pi r^2\times\frac{x}{360°}$($r$=반지름, $x$=중심각), 부채꼴 호의 길이는 $l=2\pi r\times\frac{x}{360°}$이잖아. 여기서 $S$를 구하는 공식을 변형하면…, $S=\frac{1}{2}r\times(2\pi r\times x/360°)$, 괄호 안은 부채꼴 호의 길이 공식과 동일해. 그러니까 부채꼴 넓이는 $S=\frac{1}{2}rl$로 나타낼 수 있어. 따라서 원뿔의 모선과 원의 반지름만 측정하면 돼.[55]

황금비 와! 정말 그러네. 그럼 측정이 아주 간단하네.

이번에도 자롱이는 꼬리로 초록빛 레이저를 쏘았다. 멀리서 보기에 원뿔은 이등변삼각형으로 보였기에 삼각형의 밑변과 빗변을 측정하면 되었다. 이번에는 측정을 반복하지 않고 단번에 끝냈다.

황금비 이번에는 원뿔대야. 원뿔대는 모양이 좀 복잡해. 전개도를 펼치면 아래에는 큰 원, 위에는 작은 원이 위치하고, 원뿔 옆

---

55 원뿔의 전개도.

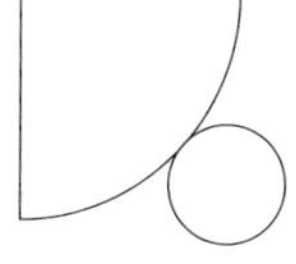

ㄴ 원과 부채꼴 면적을 알면 원뿔의 부피를 구할 수 있다. 부채꼴 면적은 $S=\frac{1}{2}rl$이므로 모선의 길이와 원의 반지름을 알면 된다.

면은 … 부채꼴이 잘린 형태가 나와.[56]

고난도 원뿔대는 원뿔을 밑면과 수평으로 자른 거잖아. 그러니까 원뿔 겉넓이에서 잘려 나간 원뿔의 옆 면적을 빼고, 새로 생긴 윗면 원의 면적을 더하면 되네.

황금비 원뿔은 밑면 원의 반지름과 모선의 길이를 알아야 하는데, 원뿔대 형태에서는 모선의 길이를 알 수가 없잖아.

그때 자롱이 꼬리에서 초록빛이 두 줄기로 쪼개져서 날아가더니 원뿔대 모선을 따라서 레이저가 반복해서 움직였다. 레이저를 빠르게 움직이니 원뿔대 모선을 따라 연장선이 그어지는 듯한 착각이 들었고, 사라졌던 원뿔 형태가 선명하게 드러났다. 자롱이는 재빨리 연장선의 길이를 측정했다. 잘려 나간 원뿔 부위에 해당하는 모선 길이를 측정하니 원뿔대 면적을 계산하는 데 필요한 값은 모두 측정이 되었다.

고난도 우리 자롱이, 대단하네!

---

56 원뿔대의 전개도.

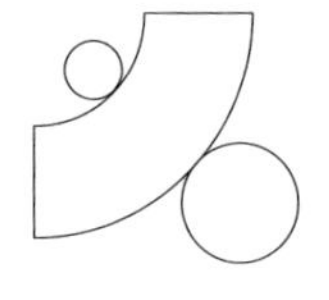

ㄴ, 두 원의 면적을 먼저 구한다. 부채꼴의 면적은 전체 부채꼴 면적에서 잘려 나간 부채꼴 면적을 빼면 된다.

칭찬을 듣자 자롱이는 날개를 힘차게 펄럭이고, 얼굴을 빙글빙글 돌리면서 즐거워하였다.

황금비 마지막은 구야.

고난도 구는 반지름만 알면 돼.

황금비 그래. 구의 표면적을 구하는 공식이 $4\pi r^2$이니까.

자롱이는 구의 지름을 정확하게 측정했다. 왼쪽 구간을 측정한 뒤에는 오른쪽 구간도 측정했다. 이제 계산해서 견줘 보기만 하면 되었다. 고난도가 오른쪽, 황금비가 왼쪽 구간을 계산했다. 값을 계산해 보니 오른쪽 겉넓이가 더 작았다.

이제 페인트칠을 하기만 하면 된다. 고난도는 페인트를 칠하는 장치를 들더니 능숙하게 스프레이를 뿌렸다. 장대 형태를 자유롭게 조정할 수 있어서 아랫면과 윗면을 칠하는 것도 어렵지 않았다. 원기둥을 페인트가 뒤덮자 회전이 멈췄다. 그다음에는 원뿔과 원뿔대가 멈췄다.

마지막으로 가장 빠르게 회전하는 구를 향해 페인트를 뿌렸다. 마지막 페인트 통이었는데 아슬아슬하게 모자랐다. 빛이 한쪽으로 몰리자 회전이 더 빨라졌다. 그때 황금비가 아이템팔찌에서 주머니를 꺼내더니 구를 향해 집어 던졌다. 주머니가 터지며 검은 흙이 쏟아졌고, 그 덕분에 빈 부분이 메워지며 회전이 멈췄다. 마침내 회전체 숲을 통과한 것이다.

고난도 휴, 겨우 지나왔네. 그나저나 이 강은 또 어떻게 건너지?

황금비 징검다리가 네 개나 부서졌어. 중간이 통째로 사라져서 다른 방법도 없어. 일단 징검다리를 살펴보자.

고난도와 황금비는 맹렬히 흐르는 강물을 살폈다. 물살은 빨랐지만, 물이 워낙 맑아서 바닥까지 훤히 보였다. 바닥에 고정된 원뿔대와 각뿔대[57] 형태가 선명했다. 물살 아래를 보니 각뿔대와 원뿔대를 고정하는 장치가 보였다. 크기만 딱 맞춰서 만든 뒤 끼우면 안정된 상태로 징검다리가 만들어질 듯했다. 긴 막대를 이용해서 원뿔대와 각뿔대 길이를 측정했고, 위쪽 각도도 계산했다. 여러 번 측정한 끝에 크기와 형태를 완벽하게 이해했다. 그러나 원뿔대와 각뿔대를 만들 도구가 없었다. 부서진 데가 너무 넓어서 그냥 뛰어넘기는 어려웠다.

고난도 폭발로 사라진 징검다리는 원뿔대가 두 개, 사각뿔대가 두 개야.

황금비 네 개씩이나 되다니, 막막하네. 너 혹시 이런 데 건너는 이상한 아이템은 없어?

고난도 나라고 뭐든 다 가지고 있는 건 아니야.

황금비 페인트를 칠하는 도구도 있었잖아.

57 각뿔대 : 각뿔을 밑면에 평행한 평면으로 자를 때 생기는 입체도형 두 개 중에서 각뿔이 아닌 쪽의 입체도형. 밑면이 사각형이면 사각뿔대, 오각형이면 오각뿔대로 부른다.

고난도 안 그래도 쓸 만한 게 있는지 뒤져 봤지만, 적당한 아이템이 없어.

고난도와 황금비가 한참 걱정을 하는데 자룡이가 날개를 퍼덕이며 주변을 돌아다녔다. 그러더니 어느 한 곳에 가서 빙글빙글 돌면서 빛을 사방으로 쏘아 댔다. 마치 이곳으로 오라는 신호 같았다.

황금비 자룡이가 왜 저러지?

고난도 저기에 뭐가 있나 봐.

황금비와 고난도는 서둘러 자룡이가 있는 데로 갔다.

고난도 자, 잠깐! 바닥에 말랑말랑한 물질이 넓게 퍼져 있어.

황금비 이건, 아까 쳐들어왔던 아바타들이 쐈던 레이저 무기야. 시뻘겋게 달궈져서 녹아내리더니 이렇게 말랑말랑하고 평평한 상태로 퍼져 있네.

고난도 잠깐, 이거면 혹시 원뿔대와 각뿔대를 만들 수 있지 않을까?

황금비 조금 말랑말랑해서 어떨지 모르지만… 일단 시도는 해 보자.

황금비와 고난도는 조금 전에 조사했던 원뿔대와 각뿔대의 형태를 그리고 치수를 계산했다. 그러고는 자룡이가 꼬리에 막대기를 감고 공중에서 말랑말랑한 평면에 전개도를 그렸다. 금을 세게 그으면 가볍게 잘렸고, 금을 약하게 그으면 접혔다. 정확하게 전개도를 그린 덕분에 원뿔대 2개와 각뿔대 2개를 쉽게 만들었다. 말랑말랑하던 원뿔대와 각뿔대는 형태가 만들어지자마자 단단하게 굳었다. 원뿔대와 각뿔대를 다 만들었음에도 바닥에는 재료가 꽤 많이 남아 있었다.

고난도　이제 정다면체를 만들어야지?

황금비　정십이면체 공간 안에서 4원소 마법이 작동한다면, 어쩌면 가능성이 있을 거야.

고난도　작동 안 하면 내가 사냥터에서 사용하던 아이템 중에서 싸움에 사용할 만한 적당한 도구를 사용하면 돼. 정 안 되면 도망쳐야지.

황금비　일단 전개도부터 만들자.

정삼각형, 네 개로 이루어진 정사면체는 만들기 쉬웠다. 정사각형 여섯 개로 만드는 정육면체도 익숙한 형태라 쉬웠다. 정삼각형 여덟 개로 이루어진 정팔면체는 조금 까다로웠지만, 면이 여덟 개뿐이라 큰 어려움은 없었다. 정오각형 열두 개로 이루어진 정십이면체가 가장 어려웠다. 몇 번을 그리고 고치기를 반복한 끝에 겨우 만들었다. 정삼각형 스무 개로 만드는 정이십면체는 의외로 쉬웠다. 윗줄에 마름모 형태로 다섯 개, 아래로 마름모 형태로 다섯 개를 나열하니, 자연스럽게 정삼각형 스무 개가 나왔다. 바닥에 퍼진 평면이 아직 말랑말랑해서 자르고 붙이기가 쉬웠다.

정다면체를 전개도에 맞게 자른 뒤에 선에 맞춰서 접자 말랑말랑하던 재료가 순식간에 굳어졌다. 면과 면이 붙은 부분이 무척 단단했다. 황금비는 정다면체 다섯 개를 손에 들고 가볍게 돌렸다. 손 위에서 놀던 정다면체들이 점점 위로 올라가더니 두 손을 오가며 빙글빙글 돌았다. 저글링이었다. 정다면체 다섯 개가 어지럽게 날아다녔지만 조금도 불안정하지 않을 만큼 손놀림이 능숙했다.

공중에 떠 있던 자롱이는 황금비가 저글링을 하자 신이 나는지 빛을 쏘아대며 힘차게 날갯짓을 했다. 그러다 정사면체를 꼬리로 툭 건드렸고, 그 바람에 정사면체가 방향이 꺾이며 황금비 목에 부딪혔다. 그 바람에 황금비 손놀림이 흐트러졌고 공중에 떠 있던 정다면체들이 투두둑 바닥으로 떨어졌다.

고난도 어, 그건 왜 안 떨어져?

황금비 뭐가?

고난도 네 목 앞에 정사면체가 그대로 붙어 있는데…, 붉은빛도 나!

황금비는 정사면체를 몸에서 떼어 낸 뒤 항상 두르고 다니던 얇은 스카프를 풀었다. 그런 다음 옷 속에 감추고 다니던 목걸이를 꺼냈다. 황금비가 붉게 일렁이는 장신구에 손가락을 대자 가느다란 붉은빛이 나오더니 정사면체에 흡수되었다. 빛을 빨아들인 정사면체는 은은한 붉은 빛을 띠었다. 고개를 갸웃하던 황금비는 바닥에 떨어진 정다면체들을 목걸이에 가까이 댔다. 그러자 이번에도 가느다란 붉은빛이 쏟아지며 정다면체들에 흡수되었다. 빛을 받은 정다면체는 모두 은은한 붉은빛을 띠며 이전과는 전혀 다른 기운을 쏟아 냈다. 황금비는 두 손으로 정다면체를 감싸 쥐더니 슬며시 놓았다. 정다면체들은 허공에 뜬 채 바닥으로 떨어지지 않았다. 더욱 놀라운 점은 황금비가 손을 움직일 때마다 따라 움직인다는 사실이었다.

황금비　이 느낌, 전투행성에서 경험했던 감각과 유사해.

고난도　그 목걸이가 아무래도 피타고*X* 무리가 만든 수학무기와 연관이 깊은 듯해.

황금비　동감이야. 수학무기가 어떻게 이루어졌는지 알아보게 할 뿐 아니라, 수학무기 자체를 만들어내는 힘도 있으니 아주 특별한 목걸이가 틀림없어.

고난도　그야말로 최고급 한정판이네. 내 특급 보관함에 들어갈 자격을 갖춘.

황금비　탐내지 마. 이건 한정판으로 보관할 아이템이 아니라, 피타고*X* 무리와 싸울 중요한 무기가 될 거야.

고난도　누가 모르냐. 이 싸움이 끝나면 나한테 넘겨줄래? 어차피 싸움이 끝나면 너한테는 쓸모도 없잖아.

황금비 너도 참.

고난도 그럴 거지? 약속하지?

황금비 알았어. 알았어. 약속해.

고난도 그 비례요정처럼 말 바꾸기 없기다.

황금비 걱정하지 마. 난 약속은 꼭 지켜.

고난도 아싸!

황금비는 정다면체를 아이템팔찌에 조심스럽게 챙겨 넣고는 원뿔대와 각뿔대가 있는 곳으로 갔다. 원뿔대와 각뿔대는 크기는 컸지만 그리 무겁지 않아서 혼자서도 들 만했다. 황금비가 앞장서더니 원뿔대를 물살에 집어넣었다. 바닥에는 고정장치가 있어서 물에 집어넣자마자 꽉 붙잡았다. 그렇게 원뿔대 두 개와 각뿔대 두 개를 설치한 뒤에 징검다리를 건넜다. 다행히 강을 건너는 동안 오리배 폭탄이 공격해 오지는 않았다.

황금비는 정다면체 아이템을 꺼내더니 손을 뒤로 돌려 숨겼다. 그러고는 주변을 경계하면서 천천히 앞으로 나아갔다. 중앙 지점에 이르자 기묘한 소리가 나더니 천장을 이루는 구조물이 보라색으로 빛났다.

너클리드 참, 질긴 녀석들이구나.

황금비 그 녀석을 넘겨줘요.

너클리드 내 능력을 다 봤을 텐데, 겁나지 않아? 여긴 내 구역이야. 피타고X도 감히 오지 못하는 곳인데 똘마니들을 앞세워 쳐들어왔다는 말은 그 도둑 녀석이 그들에게 아킬레스건이란 뜻이지. 모처럼 피타고$X$의 약점을 잡았는데 내가 그 도둑을 넘겨줄 수는 없지.

황금비 그자들은 도대체 누구죠?

너클리드 그런 녀석들이 있어. 못된 짓을 하면서 애들한테 돈 뜯어 먹는 자들이야.

황금비 당신이나 그들이나 못되기는 마찬가지 아닌가요?

너클리드 사정을 모르면서 함부로 말하지 마. 그나저나 그 실은 도대체 뭐야? 무슨 수를 써도 끊을 수가 없던데. 혹시 그 실을 이용해서 추적해 온 건가?

황금비 메타버스에서 가장 강력한 아이템이라 당신이 어떤 수를 써도 끊거나 풀지 못해요. 오직 나만 할 수 있죠. 그러니 그 녀석을 나한테 넘겨요.

너클리드 어차피 나는 그 실을 풀거나 말거나 상관없어. 내가 원하는 바를 이루기만 하면 돼.

황금비 협상을 하고 싶었는데, 어쩔 수 없네요.

너클리드 어쩔 수 없다! 내 공간에서 어쩔 수 없다라니…. 하하하! 너란 녀석은 참….

너클리드는 허리를 뒤로 젖히면서까지 크게 웃었다. 그러나 그 웃음은 이내 사라졌고 눈빛이 놀라움으로 파르르 떨렸다.

너클리드 네가 그걸 어떻게?

황금비 손에서 벗어난 정다면체 다섯 개가 붉은빛을 내뿜으며 위로 떠올랐다. 정십이면체가 머리 중심부에 자리를 잡고 나머지 네 개가 일정한 간격을 유지했다. 정다면체들은 서로 빛을 주고받으며 점점 시뻘겋게 변해 갔다.

황금비 4원소 무기를 당신만 다룰 수 있을 거라 믿은 모양이군요.

너클리드 말도 안 돼. 이건 피타고X도 못하는 건데.

황금비 전투행성에서는 아주 익숙한 마법 능력이죠.

너클리드 이곳은 전투행성이 아니야. 넌 절대 쓸 수 없어. 음~~ 너한테 어떤 비밀이 있는지 알아내야겠다. 이게 어떻게 가능했는지 알아내야겠어. 이걸 가능하게 하는 방법은 단 하나밖에 없는데…. 설마….

황금비 그 설마가 뭔지 모르겠지만, 말은 그만하죠.

황금비가 손가락을 튕기자 정육면체가 맹렬하게 회전했고, 곧이어 흙덩이가 공처럼 뭉치며 떠올랐다. 황금비는 가볍게 손을 휘저었고 흙덩이는 일직선으로 너클리드에게 날아갔다. 너클리드는 다급하게 정다면체 무기를 꺼내더니, 같은 정육면체를 이용해 흙벽을 쌓아서 황금비가 던진 흙 공을 막아 냈다.

흙 공을 막아 내자마자 너클리드는 정사면체를 이용해 불덩이 공격을 감행했다. 황금비는 정팔면체를 이용해 공기를 일으킨 뒤 불덩이를 강물로 날려 버렸다. 황금비는 정이십면체를 움직여 강물을 불러오더니, 날카로운 고드름으로 얼린 뒤 너클리드를 향해 날렸다. 너클리드는 다시 흙벽을 세워 막았다.

그렇게 공격과 방어가 끊임없이 이어졌다. 4원소를 사용해 공격하고 방어하는 능력은 황금비가 몇 수는 위였다. 그러나 4원소를 작동시키는 정다면체가 지닌 힘에서는 너클리드가 우위였다. 아무래도 너클리드가 만든 공간이기에 위력이 큰 차이를 보이는 듯했다. 너클리드는 기술이 부족해도 위력으로 황금비를 압박했고, 황금비는 능숙한 사용법으로 부족한 위력을 보완했다. 그러다 보니 어느 한쪽도 우위에 서지 못하는 팽팽한 대결이 이어졌다.

황금비가 강한 불길로 공격하자 너클리드가 얼음벽으로 방어를 펼쳤다. 불과 얼음이 팽팽하게 맞선 상태가 한동안 유지되었다. 불길이 강했지만 얼음을 녹이지는 못했다. 워낙 강한 불길에 너클리드는 다른 공격을 펼치지 못하고 얼음에 힘을 실어 방어하는 데 집중했다.

너클리드　이건 분명히 목걸이에서 나온 힘이야. 도대체 네가 목걸이를 어떻게 얻었지?

황금비는 너클리드가 자신이 얻은 목걸이에 대해 아주 잘 안다는 사실을 이미 어림하고 있었다. 자신은 너클리드를 모르는데 자신이 아는 가장 중요한 정보를 말할 수는 없었다.

너클리드 네가 가진 그 목걸이는 원래 비례요정 것이었다.

너클리드는 묻지도 않았는데 목걸이에 얽힌 비밀을 털어놓았다. 아니, 그것은 단순히 목걸이에 얽힌 비밀이 아니라 너클리드와 피타고*X* 사이에 얽힌 비밀이었다.

너클리드 다른 하나는 내 것이었다. 나는 메타버스에서 자유를 누릴 수 있는 방법을 찾아냈고, 알고리즘과 아이템을 결합해서 목걸이를 만들었다. 내가 개발한 알고리즘과 메타버스에 존재하는 초 한정판 아이템을 모두 집적한 결과물이 바로 목걸이다. 피타고*X*는 비례요정과 인연이 있어 나와 같은 길을 걸었고, 우리는 목걸이를 이용해 메타버스에서 자유를 지향하는 조직을 만들었다.

황금비 한 번 만들었으면 다시 만들면 되잖아요?

너클리드 그 목걸이는 알고리즘과 초 한정판 아이템을 결합해서 만들었기에, 알고리즘만 이용해서는 만들 수 없다. 이제는 초 한정판 아이템을 구하기가 거의 불가능하다. 알고리즘으로 수학마법을 부릴 수는 있지만 초 한정판 아이템들이 없으면 그 힘을 증폭시킬 수 없다.

황금비 도대체 그 목걸이는 왜 만든 거죠?

너클리드 메타버스는 현실을 벗어나 자유를 누리는 공간이어야 한다. 메타버스는 이용자들에게 판타지를 경험하게 해 주어야 한다. 현실과 메타버스를 자유롭게 넘나들며 삶을 더 나아지게 도와야 한다. 그런데 현재 메타버스는 현실보다 더 강한 물리법칙이 작동하고, 실제 사회보다 더 돈과 지위에 따라 차별이 이루어지는 공간이 되고 말았다. 현실을 개선하기보다 현실을 더 나쁘게 만들고 있다. 나는 메타버스에 자유를 돌려주고 싶었다. 그러나 피타고*X*는 생각이 달랐다. 피타고*X*는 나를 속이고, 비례요정을 함정에 빠뜨려 목걸이를 훔쳐 갔다. 피타고*X*에게는 은둔미녀라고 하는 애인이 있었는데, 피타고*X*는 비례요정의 목걸이를 은둔미녀에게 선물로 넘겼다.

황금비는 자신이 전투행성에서 마주쳤던 자가 은둔미녀임을 알아차렸다. 지닌 무기나 아이템은 엄청났지만, 무기를 사용하는 솜씨는 서툴렀다. 워낙 강력한 아이템을 마구잡이로 사용해서 대적하기가 무척 힘들었지만, 싸움 기술은 초보 수준이었다. 만약 은둔미녀가 조금만 더 싸움에 능숙했다면 그 자리에서 모든 걸 잃고 소멸하는 아바타는 황금비 자신이었을 것이다. 가까스로 허점을 파고들어 은둔미녀를 제압했고, 은둔미녀는 소멸하였다. 그때 황금비는 목걸이를 손에 넣었지만, 그때까지 지닌 모든 아이템을 잃어버렸다.

너클리드 그러니 넘겨라! 그건 네가 지니고 다닐 목걸이가 아니다.

황금비 메타버스를 파괴하려는 당신에게 이런 위험한 목걸이를 넘겨줄 수는 없어요.

너클리드 제대로 모르면서 입을 함부로 놀리지 마라. 나는 메타버스에 자유를 주려는 것이다.

황금비 제대로 말하세요. 그건 자유가 아니라 무질서죠.

너클리드 좋게 말로 설득하려고 했더니….

너클리드는 정이십면체를 최대치로 증폭시켰다. 얼음이 점점 커졌다. 강한 찬바람이 일며 불이 뒤로 밀렸다. 이대로 가다가는 황금비가 내뿜는 불이 소멸하고 얼음 폭풍이 모든 공간을 뒤덮을 듯했다. 방법을 고민하던 황금비는 스카프에서 가는 실을 뽑았다. 정사면체에서 불길을 뽑아서 실에 덮어씌운 뒤, 정팔면체가 지닌 힘을 이용해 강한 회전을 걸었다. 불을 휘감은 실은 불을 내뿜는 원반으로 변신했다. 선분이 회전으로 인해 원이 된 것이다. 불 원반은 황금비가 손짓하는 대로 날아갔다. 워낙 회전력이 강했기에 불 원반은 얼음을 날카롭게 잘랐다. 좌우로 수십 번, 위에서 아래로도 수십 번이나 얼음을 갈랐다.

황금비 입체도형을 자르면 자를수록 표면적이 늘고, 표면적이 늘면 그만큼 열에 약해지지.[58]

황금비는 잘린 부분에 불을 집중시켰다. 단단하게 팽창하던 얼음에 균열이 가면서 삽시간에 녹았다. 그 틈을 놓치지 않고 정팔면체에서 공기의 힘을 뽑아내어 균열이 난 틈새로 날렸다. 살을 에는 듯한 날카로운 바람이 틈바구니를 지나자 그 기세가 더욱 강해졌다. 칼처럼 강한 바람이 얼음벽을 믿고 안심하던 너클리드를 강타했다. 너클리드는 바람에 날리는 종잇조각처럼 튕겨 나갔고, 얼음장벽은 봄눈처럼 사라졌다.

58 부피와 겉넓이와 녹는 정도 : 입체도형을 둘로 나누면 부피는 그대로지만 겉넓이는 늘어난다.

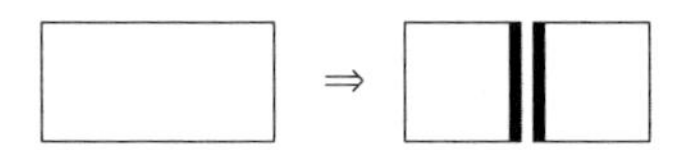

겉넓이가 늘어나면 표면으로 열이 더 빨리 전달된다. 요리할 때 두꺼운 감자를 바로 가열하면 느리게 익지만, 감자를 잘게 쪼개면 빨리 익는 것은 잘게 쪼갤 때 열이 더 전달되기 때문이다. 얼음이 큰 덩어리면 천천히 녹지만, 얼음을 잘게 쪼개면 훨씬 빨리 녹는 것도 겉넓이가 크면 열전달이 빨리 되기 때문이다.

# 07. 아르키메데스와 도형의 신비

## : 입체도형의 부피 :

제곱복근은 쉬지 않고 자전거 페달을 돌렸고, 열기구는 빠른 속도로 하늘을 날았다. 연산균은 모자가 바람에 날아가지 않도록 한 손으로 붙잡은 채 열기구 아래로 펼쳐진 풍경을 구경했고, 나우스는 생체물약도 먹지 않은 채 지치지 않고 자전거 페달을 밟는 제곱복근 주변에서 연신 감탄하며 아부를 늘어놓았다. 미지수지는 망원경을 들고 초조해하며 앞을 봤다가 제곱복근을 살폈다 하면서 연신 서성댔다.

미지수지 좀 더 빨리 갈 수 없어요? 차라리 헬기나 비행기를 만들지, 이 첨단 시대에 열기구라니….

나우스 그러지 마. 지치지도 않고 열심히 페달을 밟으시는데….

미지수지 넌 걱정도 안 돼?

나우스 여기서 걱정한다고 해결되는 일도 없잖아.

연산균 와, 저기 봐! 저 도시 정말 멋지지 않아?

미지수지 지금 풍경 보면서 감탄할 때야? 우리가 무슨 소풍이라도 나온 줄 알아!

나우스 너 모둠장 님께 왜 그래? 예민하게 굴지 마.

미지수지 분위기 파악을 못 하니 그렇지.

미지수지는 인상을 확 구기면서 고개를 돌려 버렸다. 연산균은 그런 미지수지 눈치를 보더니, 허리춤에 찬 작은 가방을 내려놓았다. 가방 크기는 손바닥만 해서 앙증맞고 귀여웠다. 연산균은 가방에서 주섬주섬 물건을 꺼냈다.

나우스 모둠장 님, 그 가방은 뭐예요?

연산균 혹시 몰라서 아이템 가방을 사서 이것저것 준비했어. 내 아이템팔찌에는 이런 물건을 둘 여유 공간이 없잖아.

나우스 그놈들이랑 싸울 때 쓰려고 준비하셨어요?

연산균 그래.

나우스 수지야! 여기 봐. 모둠장 님이 이렇게 철저히 준비하셨잖아.

미지수지 칫, 쓸모도 없는 아이템들만 잔뜩 들었겠지.

나우스 너, 어떻게 그런 말을….

연산균은 미지수지에게 따지지도 못하고 얼굴이 빨갛게 달아올랐다. 주먹을 꽉 쥐더니 아이템 가방을 뒤집어서 마구 흔들었다. 그러자 가방 안에서 아이템이 우수수 쏟아져 나왔다. 아이템들은 순식간에 정육면체 바구니 안을 채워 버렸다. 아이템이 가방 안에 들었을 때는 무게가 안 나가지만, 밖으로 꺼내면 실제 현실과 마찬가지로 무게를 지니게 된다. 갑작스럽게 무게가 늘어나자 열기구 고도가 급격하게 떨어졌다.

제곱복근 뭐 하는 짓이야? 추락하잖아.

미지수지 빨리 집어넣어!

연산균 쓸모없는 아이템이라며? 직접 봐. 이게 정말 쓸모가 없는지.

미지수지 알았어. 알았으니까 제발 이것들을 가방에 넣어.

연산균 아이템들을 살펴보고 말해. 입에 발린 소리 하지 말고.

미지수지 이대로 추락해서 죽고 싶어?

연산균 이깟 아바타나 아이템들은 돈으로 다시 사면 돼. 내 아바타가 쌓아놓은 능력치도 별거 없어.

미지수지 아끼는 모자들은 다 어쩔 건데?

모자에 대한 애착을 건드린 것은 확실히 효과가 있었다. 연산균은 모자 수집광이었고, 늘 아이템팔찌에 넣고 다니며 수시로 구경하는 버릇이 있었다. 추락해서 아바타가 소멸하면 모든 모자를 한꺼번에 잃는다. 연산균 입술이 씰룩거리더니 표정이 바뀌었다. 연산균이 가방에 달린 단추를 누르자 정육면체 바구니를 꽉 채웠던 아이템들이 모조리 가방 안으로 빨려들었다. 아이템이 사라지자 열기구는 다시 상승했고, 안정된 움직임을 보였다.

미지수지　그 쪼그만 가방에 아이템이 많이도 들었네.

나우스　현실에서 부피는 가로세로와 높이라는 3차원 공간에서 차지하는 영역을 의미하지만, 디지털 저장 공간에서는 파일 용량이니까.

미지수지　현실에서도 이곳처럼 내 짐들이 작은 가방 같은 데 쏙 들어가면 좋겠다는 생각을 종종 하는데…. 그러면 좁은 내 방도 넓어 보일 텐데…. 아무리 생각해도 이 메타버스는 참 신기하면서도 이상해. 분명히 디지털 세상인데 현실과 물리법칙이 거의 똑같이 작동하면서도 교묘하게 디지털 영역이 결합이 되도록 만들어 놨으니 말이야.

나우스　우주 메타버스에 가보면 더 감탄하게 될 거야. 무중력에 달과 화성 여행까지 직접 경험해보면 감탄밖에 안 나와.

미지수지　우주 메타버스에 가려면 '전'을 많이 내야 하잖아. 진짜 우주도 아닌데 많은 전을 내면서까지 가고 싶지는 않아.

나우스　'전' 때문이라면 나중에 내가 데려다줄게.

미지수지는 가타부타 대답은 하지 않고 다시 망원경을 들어 앞을 살폈다. 멀리 산맥이 보이고 그 산을 넘으면 목표 지점이었다. 미지수지는 조금 망설이더니 통신망을 열었다.

미지수지 금비야! 신호가 가면 대답 좀 해 줘. … 황금비, 괜찮은 거야?

잠시 뒤 지지직거리며 연결음이 울렸다.

황금비 아직… 은… 지-지-지- 직– … 우루르 쿵~~~!!

황금비 목소리가 잠깐 들리더니 건물이 무너지는 듯한 굉음이 들렸다. 미지수지를 비롯해 나우스, 연산균까지 목이 터져라고 황금비와 고난도 이름을 불렀지만, 통신에 장애가 생겼는지 더는 응답이 없었다.

황금비와 고난도는 무너진 구조물에서 겨우 빠져나왔다. 조금 전까지 너클리드와 4원소를 이용해 전투를 벌였던 정십이면체 구조물이 붕괴했기 때문이다. 고난도는 자롱이를 품에 안고 피하느라 구조물 조각에 몇 대 얻어맞았지만, 알짜힘에는 그리 타격을 받지 않았다. 구조물이 무너지는 혼란을 틈타 너클리드는 재빨리 도망쳐 버렸다.

무너진 구조물에서 벗어나자 또다시 강물이 나왔다. 강물 너머로 거대한 반구형 돔이 자리 잡고 있었다. 강은 깊고 넓었으며 강을 건너는 다리는 하나뿐이었다. 다리를 건너자 돔 바로 앞에 묵직한 돌로 만든 원통 세 개가 나란히 놓여 있었다. 돌 원통은 크기와 모양이 완벽하게 똑같았지만, 안쪽 바닥에 새겨진 도형은 달랐다. 왼쪽은 이등변삼각형, 가운데는 동그라미, 오른쪽은 정사각형이 새겨 있었다. 원통과 원통 주변은 물이 흥건해서 조금 전에 원통에 물을 담았다가 퍼냈음을 보여 주었다.

돔에는 네모, 동그라미, 삼각형이 중첩된 도형이 그려져 있었다. 정사각형이 가장 바깥이고, 정사각형에 내접하는 원이 자리했고, 정사각형과 밑변을 공유하는 이등변삼각형이 원과 겹친 도형이었다. 이등변삼각형 위쪽 꼭짓점은 정사각형 윗변 중점에 정확하게 위치하기에, 이등변삼각형의 밑변과 높이는 원의 지름, 정사각형의 한 변과 길이가 같았다.[59]

선명했던 도형은 점점 희미해지더니 이내 완전히 사라졌다.

고난도 자롱아, 주변에 혹시 출입할 만한 곳이 있는지 찾아볼래.

자롱이가 강물 위를 날아다니며 주변을 샅샅이 조사했다. 자롱이는 꼼꼼하게 조사하며 돔 주변을 한 바퀴 돌아서 원래 자리로 돌아왔다.

자롱이 입구, 전혀 없음.

---

59 이등변삼각형, 원, 정사각형이 겹친 도형.

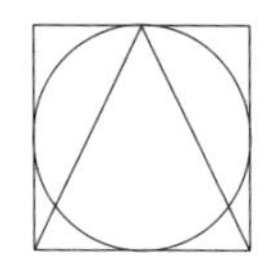

고난도 결국 여기밖에 없네.

황금비 너클리드가 급하게 이곳을 열고 안으로 들어간 게 분명해. 바닥에 남은 물과 조금 전에 사라진 이상한 도형이 그 증거야.

고난도 혹시나 해서 자룡이에게 찾아보라고 했어.

황금비 내가 보기에 들어가는 방법은 간단해. 여기 나온 원통에 물을 적당하게 넣으면 될 거야.

고난도 나도 동의. 왼쪽에서 오른쪽으로 삼각형, 동그라미. 정사각형 비율만큼 물을 넣으면 될 듯해.

황금비가 간단하게 계산하더니 고개를 갸웃거렸다.

황금비 계산을 하면 비율이 이상하네. 원 반지름을 $r$이라고 하면, 원은 $\pi r^2$이고, 이등변삼각형은 밑변과 높이가 각각 $2r$로 같으니 면적은 $\frac{1}{2}\times 2r\times 2r=2r^2$이야. 정사각형은 한 변의 길이가 $2r$이니까 면적은 $4r^2$이지. 즉 이등변삼각형, 원, 정사각형의 면적은 각각 $2r^2$, $\pi r^2$, $4r^2$이라서 비율로 따지면 $2:\pi:4$가 돼.

고난도 $\pi$는 3.141592…로 소수점 아래로 계속 내려가잖아. 그냥 3.14 정도로 하면 될까?

황금비 아무래도 아닌 것 같은데….

고난도 오른쪽은 가득 채우고, 왼쪽은 그 절반, 가운데는 대충 가

늠해서 3.14 정도만 채워 보자.

다른 방법이 없었기에 고난도와 황금비는 강에서 물을 길어서 원통에 채워 넣었다. 오른쪽에 물을 가득 채우고, 왼쪽에 그 절반을 먼저 채웠다. 가운데는 왼쪽과 오른쪽의 중간 정도 되는 양을 채운 뒤 조금씩 늘려 갔다. 그러나 반응이 없었다. 물의 양에 다양한 변화를 주었지만, 결과는 마찬가지였다.

황금비 이상하네. 그럼 도대체 뭐지? 이등변삼각형, 원, 정사각형이면 비율이 확실한데….

고난도와 황금비가 머리를 싸매고 고민을 하니 자룡이가 심심했는지 고난도에게 몸을 자꾸 비벼댔다. 고난도는 싱긋 웃으며 자룡이를 쓰다듬었다. 자룡이 머리를 쓰다듬던 고난도가 갑자기 무슨 생각이 떠올랐는지 손가락을 세게 튕겼다.

고난도 혹시, 평면이 아니라 입체가 아닐까?

황금비 입체라니?

고난도 그러니까 옆에서 보기에 이등변삼각형은 원뿔, 동그라미는 구, 정사각형은 원기둥인 거야. 원기둥에 내접하는 구와 원뿔을 표현한 그림인 거지. 정면에서 보면 평면이지만 실제로는 입체!

황금비 그럴 수 있겠네. 그럼 비율이 어떻게 되지?

고난도 높이를 $h$, 밑면의 반지름을 $r$이라고 하면 밑면은 $\pi r^2$야. 그런데 $h$는 $2r$이니까 원기둥 부피는 $2\pi r^3$이지.

황금비 원뿔의 부피는 원기둥의 $\frac{1}{3}$이니까 $\frac{1}{3}\pi r^2 h$야. 역시 $h$는 $2r$이니까 정리하면 $\frac{2}{3}\pi r^3$이겠네.

고난도 구의 부피는 $\frac{4}{3}\pi r^3$이니까, 원뿔, 구, 원기둥은 $\frac{2}{3}\pi r^3 : \frac{4}{3}\pi r^3 : 2\pi r^3$이겠네. $\pi r^3$은 다 똑같으니까 삭제를 하고 계산을 하면 $\frac{2}{3} : \frac{4}{3} : 2 = \frac{2}{3} : \frac{4}{3} : \frac{6}{3} = 2:4:6 = 1:2:3$이야.

황금비 유레카! 비율이 1:2:3이구나.

황금비와 고난도는 재빨리 물을 가져와서 원통에 담긴 물의 양을 다시 조절했다. 왼쪽 통부터 오른쪽으로 1:2:3으로 비율을 맞추자 사라졌던 보라색 도형이 다시 선명하게 나타나며 도형 아래로 문이 그 형태를 드러냈다. 손을 대자마자 문이 열리면서 반구형 돔도 투명하게 변했다. 돔 안으로 들어가니 빌딩처럼 치솟은 사각기둥들이 빽빽하게 들어차서 앞을 가로막았다.

고난도 이 높이 솟은 사각기둥들은 또 뭐야?

고난도가 기둥을 밀었지만, 꿈쩍도 안 했다.

고난도　　자룡아, 위로 올라가서 어떤 형태인지 알려 줘.

자룡이는 고난도가 지시한 대로 위로 날아올랐다. 그러나 사각기둥 중간쯤에 다다르자 엄청난 압력이 가해지며 위로 더는 올라가지 못했다. 자룡이는 날개를 퍼덕이며 안간힘을 썼지만 역부족이었다. 자룡이는 비틀거리며 아래로 내려왔고, 고난도가 얼른 자룡이를 받아 안았다.

황금비　　완전히 막혔을 리는 없어. 일단 하나씩 밀어 보자.

황금비는 일일이 사각기둥을 밀었다. 열 개쯤 밀었을 때 하나가 앞으로 밀렸다. 그러나 또다시 사각형 기둥이 잇달아 들어선 벽이 나타났다. 하나씩 전부 밀었지만, 꿈쩍도 안 했다. 황금비는 뒤로 물러 나오더니 팔짱을 꼈다.

황금비　　마지막 방해물 같은데…. 멋모르고 움직였다가 아예 길이 막혀 버릴지도 모르고, 난감하네.

고난도와 황금비가 사각기둥 장벽을 뚫는 방법을 고민하는데 멀리 반구형 돔 위로 열기구가 나타났다.

황금비　　저게 뭐지? 열기구처럼 생겼는데….

고난도 그러게. 어… 열기구에 미지수지가 있어. 연산균과 나우스도….

황금비 그래? 잘됐다.

황금비는 재빨리 통신망을 열고 연락을 취했다.

황금비 혹시 열기구에 타고 있어?

미지수지 우리를 봤어? 너희들은 어디 있는데?

황금비 열기구 아래를 봐. 돔이 보이지?

미지수지 돔이라고?

황금비 투명해서 잘 안 보일 거야. 자세히 보면 보여.

나우스 맞네. 투명한 돔이야. 그 안에 무수한 사각형이 있는데?

황금비 맞아. 위에서 보면 사각형이겠지만 우리가 보기에는 거대한 사각기둥이야. 그 사각기둥에 막혀서 한 걸음도 나가지 못하고 있어.

미지수지 가운데 작은 집 한 채가 있는데….

황금비 그게 우리 게임을 훔쳐 간 도둑이 있는 곳이야.

미지수지 그럼 우리가 접근해 볼게.

황금비 돔 때문에 안 될 텐데….

열기구는 아래로 점차 내려갔지만, 투명 방어막에 막혀 멈춰 버렸다.

연산균은 가방에서 온갖 아이템을 다 꺼냈고, 셋이서 아이템을 이용해 잇달아 공격했지만, 방어막에는 작은 흠집조차 나지 않았다.

나우스 여기서는 어떻게 해 볼 수가 없어.

황금비 내가 그럴 거라고 했잖아.

나우스 우리가 어떻게 하면 돼?

황금비 우리 앞을 가로막은 이 사각기둥이 어떤 형태인지 알려 줘. 이걸 뚫고 나가서 중앙에 있는 작은 집까지 가는 길을 찾아야 해.

나우스 잠깐만, 그러면 더 위로 올라가서 살펴볼게.

열기구는 다시 위로 오르더니 곳곳을 살피며 사각형이 놓인 위치를 자세히 관찰했다. 모든 곳을 살핀 뒤에 고난도와 황금비가 있는 곳 위로 이동했다.

미지수지 살펴보니 간단하네. 단순한 퍼즐게임과 똑같아. 사각기둥을 밀어서 길을 만들면 작은 집에 도착할 수 있어. 사각기둥 앞에서 보면 막막하겠지만, 위에서 보니 아주 쉽네.

황금비 그러면 방법을 알려 줘.

미지수지 우리가 시키는 대로만 하면 돼. 일단 오른쪽으로 열아홉째 사각기둥으로 이동해.

고난도와 황금비는 미지수지가 시지한 대로 움직였다.

미지수지　다섯 칸 앞으로 밀어… 그다음에 왼쪽에 있는 기둥을 두 칸 앞으로… 다시 왼쪽 기둥을 한 칸… 오른쪽으로 두 칸….

미지수지는 차근차근 지시했고, 황금비는 지시대로 사각기둥을 움직였다. 미지수지와 황금비는 단 한 번도 실수하지 않고 정확하게 퍼즐을 풀어냈다.

미지수지　오른쪽으로 두 칸 밀고… 왼쪽 기둥을 앞으로 밀면… 거기가 작은 집이야.

황금비　알았어. 고마워.

미지수지　아, 잠깐… 작은 집 문이 열렸어. 너클리드가 정상이 아닌 것 같은데…. 비례요정이 너클리드와 도둑을 차에 태웠어. 서둘러!

황금비는 있는 힘껏 사각기둥을 오른쪽으로 두 칸 밀었다. 그리고 왼쪽 기둥을 밀려고 하는데 강력한 폭발음이 들렸다. 손을 댄 사각기둥으로 진동이 느껴질 정도로 강한 폭발이었다.

미지수지　집이 폭발했어. 사각기둥이 통째로 움직이며 길이 만들어지고 있어. 조심해! 너희가 있는 쪽으로 기둥이 밀려드니까.

고난도와 황금비는 황급히 사각기둥을 밀어내고 기둥 사이에서 벗어났다. 미지수지가 말한 대로 사각기둥들이 맹렬하게 움직이며 직선으로 뻗은 길을 만들었다. 그 길로 비례요정이 운전하는 차가 달렸다. 황금비는 스케이트보드를 꺼냈고, 고난도는 롤러스케이트를 장착했다. 예전에 추격해 봤기 때문에 아주 능숙했다. 자동차는 셋이나 탄 탓에 빠르게 달리지 못했다. 롤러스케이트와 스케이트보드에 금방 따라잡혔다. 비례요정은 차 뒤를 힐끗 보더니 갑자기 도둑을 잡아서는 밖으로 던져 버렸다.

황금비 네가 도둑을 들고 따라와. 나는 저들을 쫓을 테니까.

황금비는 스케이트보드를 더 빠르게 몰았다. 고난도는 쓰러진 도둑에게 다가갔다. 고난도가 도둑을 막 잡으려는데 도둑 몸이 갑자기 부풀어 올랐다.

고난도 이런, 카드잖아.

도둑은 덩치가 계속 커져서, 세 배, 네 배로 멈추지 않고 부풀어 올랐다.

고난도 키가 커지면 표면적은 제곱만큼 커지고 부피는 세제곱으로 커지니까, 몸이 4배 길어지면 부피는 무려 64배나 커진 거야. 아바타를 이루는 알짜힘은 원래 크기에 맞게 설정되어 있으므로 64배나 커지면 알짜힘이 감당 못 하고 금방 소진되고 말 거야. 막으려면 그 카드가 있어야 해.[60]

고난도는 아이템팔찌를 열어서 카드 뭉치를 뒤졌다. 고난도가 난관을 겪고 있을 때 황금비는 빠르게 자동차를 따라잡았다. 차 뒤꽁무니에 붙으려고 하자 너클리드가 신음을 흘리며 자세를 고쳐 앉았다. 그러고는 작은 동전을 공중으로 던졌다. 살짝 던졌음에도 동전은 자력에 끌려가는 듯 위로 솟구치더니 돔 천장에 달라붙었다. 동전이 보호막에 닿자 보호막 전체에 실금이 생기더니 빠르게 무너졌다. 수많은 파편이 아래로 쏟아졌고, 파편에 맞은 사각기둥은 조각조각 쪼개지며 무너져 내렸다.

고난도는 너클리드가 사용하는 모든 카드의 힘을 무력화시키는 '×0카드'를 뽑았다. '×0카드'를 도둑에게 대자 마법카드가 무력화되며 몸이 순식간에 원래대로 돌아왔다. 고난도가 도둑을 둘러업으려고 하는데, 돔 천장이 무너지고 사각기둥이 조각조각 쪼개지며 부서졌다. 사방을 둘러봐도 피할 데가 없었다.

---

60 『걸리버여행기』(조나단 스위프트)에 거인들이 나온다. 거인의 키가 만약 20$m$면 사람보다 최소 10배 큰 셈이다. 따라서 인간보다 표면적은 100배(면적은 '가로×세로'이므로), 부피는 1000배(부피는 '가로×세로×높이'이므로)나 크다. 부피가 1,000배 커지면 인간과 같은 뼈로는 몸무게를 버티지 못한다. 사람보다 1000배나 커진 부피를 버티려면 뼈가 철골 구조물 정도는 되어야 한다.

고난도 나 갇혔어. 더는 못 가.

미지수지 어떻게 하지? 방법이 없어?

연산균 내 아이템 중에… 밧줄이 있었는데….

미지수지 밧줄? 있으면 빨리 꺼내.

연산균 어디 있지, 어디 있을까?

미지수지 뭐 하는 거야? 그러다 고난도에게 큰일이라도 생기면 어쩌려고?

연산균 아, 이거다.

연산균이 밧줄을 꺼내자 미지수지는 재빨리 밧줄을 열기구에 묶었다.

미지수지 우리가 밧줄을 던져줄 테니까 꽉 잡아. 제곱복근 아저씨, 열기구를 아래로 몰아요.

제곱복근 저기는 위험한데….

미지수지 이대로 가다간 우리 친구가 소멸해 버린다고요.

제곱복근 아, 알았어.

열기구는 무너져 내리는 방어벽 사이로 내려왔고, 밧줄을 고난도가 있는 데까지 늘어뜨렸다. 고난도는 밧줄을 허리춤에 묶더니 왼손으로는 도둑을 잡고, 오른손으로는 자롱이를 껴안았다.

고난도　　이제 올라가.

미지수지　　빨리 위로….

제곱복근은 있는 힘껏 페달을 밟았다. 그러나 정원보다 많은 인원이 탔기에 쉽게 올라가지 못했다.

나우스　　이러다 다 소멸해 버려요.

제곱복근　　최선을 다하고 있어.

나우스　　능력자시잖아요. 힘을 내세요.

나우스가 격려를 한 덕분인지 제곱복은 잠재력까지 모두 끌어냈고, 열기구는 위험한 지역을 간신히 벗어났다. 그러나 폭발이 계속 강하게 이어졌기에 열기구 아래에 매달린 고난도는 위험에서 완전히 벗어나지 못했다.

미지수지　　아직도 위험해요. 저 강 너머로 빨리 가세요. 거기까지 가야 안전해져요.

제곱복근은 미지수지가 가리키는 목적지까지 도달하기 위해 미친 듯이 페달을 밟았다. 온몸이 부들부들 떨리고 근육이 팽팽하게 부풀어 올랐다. 알짜힘이 빠르게 소진되는 증상이었다. 제곱복근이 힘겹게 페달을 밟으며 벗어나려고 애쓰는 그 시간, 비례요정과 너클리드를 태운 차는 우뚝 솟은 도약대를 지나서 넓은 강을 뛰어넘었다. 황금비는 조금도 망설이지 않고 같은 방법으로 강을 건넜다. 스케이트보드가 가벼웠기에 더 멀리 날았고, 착륙하자마자 몸을 비틀어서 자동차 옆으로 붙었다. 손으로 자동차 옆면을 붙잡은 황금비는 왼팔에 힘을 주며 훌쩍 뛰어올랐다.

너클리드　　끈질긴 녀석….

너클리드는 아이템팔찌에서 작은 구슬 한 뭉치를 꺼내더니 차로 뛰어오르는 황금비에게 집어던졌다. 구슬은 황금비 앞에서 터졌고, 그 폭발력에 황금비가 뒤로 밀려나며 차에서 멀어졌다. 다시 스케이트보드를 몰고 추적하려는데 흙이 솟구치며 높은 담벼락을 만들었다. 가속도 때문에 멈추지 못하고 황금비는 담벼락에 충돌하고 말았다.

충돌은 강했지만, 알짜힘이 소진될 정도는 아니었다. 얼른 몸을 추슬렀지만 추격하기에는 이미 늦었다. 시간이 지나자 담벼락이 점점 뭉개지더니 원래 형태로 되돌아갔다. 황금비는 스케이트보드를 타고 친구들이 있는 데로 갔다.

고난도와 자롱이는 무사했다. 도둑은 황금비가 묶어 놓은 끈을 여전히 풀지 못한 상태였다. 황금비는 친구들과 반갑게 재회했다.

황금비　　저 아바타는 누구야?

황금비는 옆에 쓰러져서 헐떡거리는 제곱복근을 가리키며 물었다.

나우스 이름은 제곱복근인데, 너랑 고난도가 위험하다면서 우리한테 왔어. 저 열기구도 직접 움직였고.

황금비 힘들어 보이는데, 생체물약 좀 드려.

미지수지 안 그래도 드리려고 했는데 거부했어.

황금비는 바닥에 쓰러진 제곱복근에게 다가갔다. 아무런 장식도, 꾸밈도 없는 외모가 기묘한 인상을 풍겼다. 자전거 페달을 밟아서 열기구를 작동한 방식도 이해하기 힘들었다. 그 정도 힘은 생체물약을 수없이 써도 불가능하다. 불가사의한 신체 능력이었다. 황금비는 낡은 팔찌에 유난히 시선이 갔다. 한 번쯤 본 적도 있는 듯한데, 정확히 언제 봤는지 기억나지 않았다.

황금비 생체물약을 드세요. 그 상태로 있으면 위험해요.

제곱복근 괜찮아. 나는 가진 게 없어서…

황금비 도와주셔서 감사해요.

제곱복근 감사는 됐고… 그 스카프… 어떻게 구했지?

황금비 전투행성에서….

제곱복근 혹시나 했는데…, 네가 그 유명한….

황금비 다 지난 이야기예요.

제곱복근 그럼 … 문제가 달라지는데….

황금비 네? 그게 무슨….

제곱복근은 더는 대답은 안 하고 씨익 웃으면서 손을 흔들었다. 알짜 힘이 완전히 소진되었는지 움직임이 뚝 멈추더니, 신체가 희미해지면서 아바타가 사라져 버렸다.

제곱복근이 사라지자 황금비는 도둑 몸을 수색했다. 보라색 아바타 무리가 쉽게 추적한 것이 의심스러워 송신장치가 있으리라는 결론을 내렸기 때문이다. 예상대로 신발에서 송신장치가 나왔다. 송신장치를 제거한 뒤에 도둑을 데리고 멀리 이동했다. 안전한 장소로 들어간 뒤에 도둑을 앉혀놓고 심문을 진행했다. 처음에 저항하던 도둑은 어쩔 수 없는 상황을 받아들이고 솔직하게 자기 얘기를 털어놓았다.

황금비 얘기하기 전에… 너클리드가 널 잡아서 뭘 하려고 했지?

도둑 피타고$X$를 치겠다고 했어. 원래 이 조직은 자기 거라면서. 날 이용해서 피타고$X$를 무너뜨리겠다고. 뭘 어떻게 하려는지는 모르겠지만 아무튼 그렇게 얘기했어.

황금비 무슨 말인지 알겠어. 좋아, 이제 어떻게 된 일인지 자세히 얘기해 봐.

# 08. 그래프, 도박에 보내는 경고

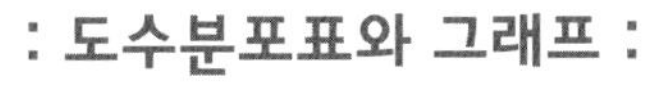

나는 단지 더 좋은 아이템을 갖고 싶었다. 화려한 옷과 장식품을 걸치고, 내 집을 멋지게 꾸미고 싶었다. 두레꾼들 사이에서 아이템 때문에 무시당하는 것이 정말 싫었다. 남들처럼 부담 없이 재미난 곳에 놀러 가서 마음껏 놀고 체험하고 싶었다. 무한히 넓은 메타버스 세상, 무수히 많은 즐길 거리와 체험 놀이가 존재하지만 내가 누리는 세상은 현실과 다름없이 협소했다.

현실 속 나는 돈이 없다. 메타버스에서 '전'을 버는 방식은 효율이 떨어진다. 지나치게 오래 걸리고, 아무리 노력해 봤자 큰 '전'은 꿈도 못 꾼다. '전'은 없고, 욕심은 나고 답답했다. 현실을 벗어나고 싶어서 메타버스로 왔는데 메타버스도 현실과 다름없으니 점점 짜증이 심해졌다.

나와 비슷한 처지인 두레꾼 친구가 있었다. 터놓고 말은 안 했지만, 서로가 어떤 불만을 품고 지내는지 훤히 아는 사이였다. 그러던 어느 날, 싸구려 아이템만 걸치고 다니던 친구가 갑자기 화려한 옷과 장식품을 잔뜩 걸치고 나타났다. 집에 초대해서 가 봤는데 마치 대궐처럼 으리으리하고 화려했다. 그 친구 덕분에 게임-놀이공원에 가서 비싼 게임도 즐겨 보고, 바다 밑으로 들어가 희한한 물고기도 구경했다. 좋아하는 아이돌 공연에 참여해 으뜸석에 앉아서 마음껏 소리도 질렀다.

놀라운 경험이었다. 그래서 물었다. 도대체 어떻게 된 거냐고? 그 친구는 알려 주지 않으려고 했다. 거듭 졸랐지만 말해 주지 않기로 약속했다면서 입을 꾹 다물었다. 그럴수록 나는 그 비밀이 궁금했다. 나도 그 친구처럼 많은 '전'을 벌고 싶은 욕망이 끓어올랐다. 청개구리 심리가 작동했다. 안 알려 주려 하니 더 알고 싶었다. 쉽게 알려 주기보다 어렵게 알려 주면 더 빠져드는 법이다. 친구가 쓴 방식은 효과를 발휘했다.

그냥 '도박'이란 말을 들었다면 멈칫했을 텐데, 이 모든 과정을 겪은 뒤였기에 거부감이 별로 없었다.

"메타버스에서 도박이 가능해?"

"당연히 가능하지."

"불법이잖아. 이상한 거래를 하면 관리*AI*가 바로 잡아낼 텐데."

"네가 몰라서 그래. 다 되게 하는 방법이 있어."

"그러다 걸리면 모든 걸 잃잖아."

"흔적조차 안 남아. 이제껏 걸린 적이 한 번도 없어."

친구는 호언장담했지만, 솔직히 불안했다. 만에 하나 들키면 간신히 장만한 아이템마저 모조리 빼앗기고 한동안 메타버스 접속도 차단당한다. 그런 위험을 뻔히 알기에 두려움이 일었다. 그러나 불안과 두려움보다는 욕망이 컸다. 친구처럼 나도 '전'을 많이 벌어서 내가 하고 싶은 걸 마음껏 즐기고 싶었다. '전'은 현실 화폐로 교환도 가능하니, 메타버스뿐 아니라 암울한 내 현실도 바꿀 수 있겠다는 희망이 생겼다. 나는 조심스럽게 친구를 따라 도박 세계로 이끌려갔다.

꽤 복잡하고 어려운 줄 알았는데 도박 세계에 접근하는 방법은 뜻밖에도 아주 간단했다. 시간과 장소에 얽매이지 않고 언제 어디서나 도박을 즐길 수 있었다. 일정한 주파수에 통신으로 접속하면 화면을 보면서 도박을 하는 방식이었다. 옛날에 사람들이 스마트폰을 사용할 때, 청소년들이 손쉽게 도박에 접속해서 사회문제가 된 적이 있다는 역사를 접하기도 했는데, 그와 비슷했다.

주파수는 수시로 바뀌었다. 주파수는 친구를 통해서만 전달받았고, '전'을 따면 주파수를 알려준 친구에게 일정한 금액을 사례비로 주어야 했다. 안 그러면 바꾼 주파수를 알려 주지 않기 때문이다. 친구가 그 주파수를 얻는 방법은 전혀 몰랐다. 도박하면서 처음에는 제법 큰 '전'을 벌었다. 아이템을 장만했고, 내 집도 그럴듯하게 꾸몄다. 그러나 몇 번 크게 '전'을 번 뒤에는 그런 기회가 좀처럼 찾아오지 않았다. 다행히 크게 잃지는 않았지만 계속 반복했음에도 들인 시간만큼 소득은 없었다. 친구처럼 크게 벌고 싶은 욕심이 끓어올랐지만, 방법이 없었다. 나는 기회를 봐서 친구에게 그 방법을 물었다. 도대체 어떻게 해서 너는 그렇게 큰 '전'을 벌었냐고.

"알고 싶어?"

대화 설정이 귓속말이기에 다른 사람들이 들을 염려가 전혀 없음에도 친구는 주변을 경계하며 말했다.

"지금 방식은 금액도 적고, 수입도 고만고만하고, 더는 못 견디겠어."

내가 간절하게 설득했지만, 친구는 조심스러워하며 대답하지 않았다.

"좀 위험하기는 한데…."

"크게 벌 수 있어?"

내게 위험 따위는 이미 안중에도 없었다. 내 욕망은 걷잡을 수 없이 부풀어 오른 상태였다.

"내가 어디서 벌었겠냐?"

나는 설렘으로 가슴이 두근거렸다. 이미 크게 한몫 잡은 듯한 기분에 젖어 들었다.

친구는 나를 아주 평범한 공간으로 데려갔다. 메타버스 어디서나 볼 수 있는 그런 작은 집이었다. 겉보기와 달리 그 집은 아주 특별했다. 메타버스에서 외부로 뚫린 통로 같은 곳이었다. 어떤 기술을 썼는지는 모른다. 그러나 도박을 금지한 알고리즘을 무력화한 공간이었고, 관리*AI*가 전혀 영향을 끼치지 못하는 곳이었다. 그 집에 계속 머물지도 않았다. 등록을 해 두면 어디서나 도박을 즐길 수 있었다. 일정한 기간이 지나면 외부와 접속하는 공간이 바뀌었고, 그때마다 새롭게 등록해야만 했다.

도박은 단순했다. 사다리 게임, 좌우 선택 게임, 주사위 게임처럼 순식간에 결판이 나는 게임이 대부분이었다. 요령을 익힐 필요도 없었다. 내 운을 믿고 판돈을 걸면 되었다. 이런저런 게임을 하다가 나중에는 좌우 선택 게임에만 집중했다. 승리할 확률이 절반이기 때문이다. 처음에는 꽤 큰 수익이 났다. 만져본 적도 없는 '전'이 들어왔다. 현실에서 현금으로 바꿔도 제법 큰돈이었다. 내 인생이 이렇게 바뀌나 싶었다. 고마운 마음에 친구에게 선물을 주기도 했다. 화려한 아이템을 장만해서 두레꾼들에게 자랑하기도 했다. 다들 나를 부러워했다. 그러한 경험은 나를 더욱더 도박에 빠져들게 했다.

그러나 이상하게도 시간이 갈수록 운이 좋지 않았다. 벌어 놓았던 전이 순식간에 줄어들었다. 초조했지만 포기하지 않았다. 운은 나쁘다가 좋고, 좋다가 다시 나빠지기도 하는 법이다. 조금만 지나면 운이 다시 내게 찾아오는 때가 오리라 믿었다.

* * *

황금비 잠깐만….

황금비가 도둑이 하는 말을 끊었다.

황금비 정말 운이라 생각해? 아직도?

도둑 게임이니 당연히 운이지.

황금비 그런 도박판을 벌인 자들이 단지 운에 도박을 맡겼다고 정말 믿어?

도둑 나도 조금 의심하긴 했어. 그렇지만 결과를 보니 운이 맞았어.

황금비 어떤 결과를 봤는데?

도둑 예를 들어 좌우를 선택하는 양자택일 게임 같은 경우 혹시나 해서 통계를 내봤는데 좌우가 나온 비율이 50대 50이었어. 내가 선택을 잘못해서 지거나, 선택을 잘했는데 판돈을 적게 걸어서 적게 땄을 뿐이야. 이겼을 때 판돈을 많이 걸었다면 결과는 달랐을 거야. 그랬다면 이런 꼴을 당하지도 않았을 테고.

황금비 혹시 그 통계 데이터, 지금도 가지고 있어?

도둑 당연히.

황금비 넘겨줘 봐.

도둑 그걸 왜?

황금비 진짜 운인지 아닌지 확인하게.

도둑은 잠시 망설이더니 마지못해 데이터를 넘겨주었다. 데이터가 꽤 많았다. 날짜별로 얼마를 걸었고, 얼마를 잃고 벌었는지 꼼꼼하게 기록한 데이터였다.

미지수지 이대로 분석하기에는 데이터가 지나치게 많아.

고난도 그러면 데이터를 보기 좋게 정리해야지.

황금비 어떻게 정리하는 게 좋을까?

고난도 잠깐만… 이건 약간 추세가 보이는데… 좋아 이렇게 하자. 한 달 단위로 데이터를 나눈 뒤, 표로 정리해보자.

황금비 그러면 변량[61]은 수익이 난 정도로 하면 되겠네. 변량을 어느 정도 간격으로 묶으면 좋을까?

고난도 변량의 간격…, 그러니까 게임 레벨처럼 일정한 간격으로 묶자는 말이지?

황금비 그렇지. 그걸 통계에서는 계급[62]이라고 해.

고난도 중요한 건 수익과 손해를 어느 정도 입었느냐를 판단해야 하니까… 계급을 수익과 손해를 본 정도로 하자. 판돈과 견줘서 수익이 난 정도를 계급으로 삼으면 적절할 듯해.

황금비 그러면 여섯 구간으로 나누자. 그러니까 계급을 여섯 개로 하는 거지. 이익 200% 이상, 이익 200% 미만~100% 이상, 이익 100% 미만~0%. 손해 0%~100% 미만, 손해 100% 이상~200% 미만, 손해 200% 이상. 손해도 이익도 안 본 날은 하루도 없으니까 손해도 이익도 없는 계급인 0%는 필요가

61 변량 : 자료를 정리할 때 점수, 키, 수입 등과 같은 특성을 수로 나타낸 것.

62 계급 : 변량을 일정한 간격으로 나눈 구간. 군대나 회사에서 사람을 직위에 따라 구분하거나, 게임 이용자를 일정한 레벨로 구분하는 것도 같은 원리다.

없어.

고난도 좋은 생각이야. 여기 5개월 치가 있으니까 다섯이 각자 한 달씩 맡아서 도수분포표[63]로 만들자. 먼저 이익을 본 날과 손해를 본 날로 나누고, 이익을 봤으면 어느 정도 봤는지, 손해를 입었으면 어느 정도 손해인지를 계산한 다음, 그 값에 해당하는 날이 며칠이나 되는지 기록하면 돼.

합의가 이루어지자 일행은 각자 한 달씩 맡아서 수익과 손해를 본 날짜를 계산한 뒤에 수익을 본 정도와 손해를 본 정도를 계산했다. 그러고 나서 도수분포표를 그렸다. 고난도가 가장 빨리했고 연산균이 가장 늦게 도수분포표를 완성했다. 모든 도수분포표가 완성되자 달 별로 나란히 정리했다. 정리한 도수분포표는 다음과 같았다.

| 계급(이익율/손해율) | 도수(날짜 수) | | | | |
|---|---|---|---|---|---|
| | 3월 | 4월 | 5월 | 6월 | 7월 |
| 이익 200% 이상 | 5 | 4 | 2 | 1 | 1 |
| 이익 200% 미만~100% 이상 | 11 | 9 | 4 | 3 | 2 |
| 이익 100% 미만 | 4 | 5 | 4 | 4 | 1 |
| 손해 100% 미만 | 4 | 4 | 7 | 6 | 4 |
| 손해 100% 이상~200% 미만 | 3 | 6 | 6 | 9 | 10 |
| 손해 200% 이상 | 1 | 2 | 3 | 6 | 9 |
| 합계 (도박을 한 날짜 수) | 28일 | 30일 | 26일 | 29일 | 27일 |

63 도수분포표 : 전체 자료를 일정한 계급으로 나누고, 각 계급에 해당하는 도수를 표시한 표.

도수분포표를 모두 정리하자 황금비는 도둑에게 표를 보여 주었다. 도둑은 표를 보더니 영문을 모르겠다는 듯 고개를 갸웃거렸다.

황금비 이 표를 잘 봐.

도둑 이게 뭐 어떻다는 말이야?

황금비 이게 안 보여? 수익을 본 날짜는 계속 줄고, 손해를 보는 날짜는 계속 늘었잖아.

도둑 도박을 한 날짜 수가 다 다르잖아.

도둑은 강하게 반박했다. 고난도가 새로운 제안을 했다.

고난도 비율로 보여 주는 게 좋겠어.

황금비 각 계급의 도수를 전체 도수로 나눠서 비율을 보여 주자는 말이지?

고난도 그러면 도박한 날짜와 상관없이 일정한 값으로 표시가 되니까 서로 견줘서 판단하기가 더 쉬울 거야.

황금비 좋아, 그렇게 해 보자.

황금비와 고난도는 도수분포표의 도수 값을 상대도수[64]로 바꿨다. 상대도수는 계급의 도수를 전체 도수로 나눠서 계산한다. 상대도수로 표시한 값을 모두 더하면 1이 나온다. 왜냐하면 전체 도수로 각 계급의 도수를 나누었기 때문이다. 계산은 그리 어렵지 않았기에 금방 표로 정리가 되었다.

| 계급(이익율/손해율) | 상대도수 | | | | |
|---|---|---|---|---|---|
| | 3월 | 4월 | 5월 | 6월 | 7월 |
| 이익 200% 이상 | 0.18 | 0.13 | 0.08 | 0.03 | 0.04 |
| 이익 200% 미만~100% 이상 | 0.39 | 0.30 | 0.15 | 0.10 | 0.07 |
| 이익 100% 미만 | 0.14 | 0.17 | 0.15 | 0.14 | 0.04 |
| 손해 100% 미만 | 0.14 | 0.13 | 0.27 | 0.21 | 0.15 |
| 손해 100% 이상~200% 미만 | 0.11 | 0.20 | 0.23 | 0.31 | 0.37 |
| 손해 200% 이상 | 0.04 | 0.07 | 0.12 | 0.21 | 0.33 |
| 합계 | 1 | 1 | 1 | 1 | 1 |

확실히 도수분포표를 상대도수로 표시하니 견줘서 판단하기 편했다. 합계가 1이기 때문에 같은 계급값이 어떻게 변했는지 한눈에 들어왔다.

---

64 상대도수 : 전체 도수에 대한 각 계급의 도수를 비율 형태로 나타낸 것.
어떤 계급의 상대도수 = $\frac{\text{계급의 도수}}{\text{전체 도수}}$
<상대도수의 특징>
① 도수가 전체에서 차지하는 비율을 파악하기 쉽다.
② 상대도수를 모두 더하면 1이 된다.
③ 계급의 도수가 크면 상대도수도 크다.
④ 전체 도수가 다른 두 가지 이상의 자료를 견주어 판단할 때 편리하다.

그러나 도둑은 여전히 잘 이해하지 못하겠다는 반응이었다.

황금비 아직도 모르겠어?

도둑 이 복잡한 숫자들을 보고 내가 뭘 이해하라는 거야?

황금비 정말 답답하네. 이렇게 보여 줘도 모르다니….

미지수지 이럴 땐 이미지로 보여 줘야지.

황금비 이미지?

미지수지 그래. 그래프를 그려서 보여 주면 선명하게 이해가 되잖아.

황금비 우리가 그런 것까지 해 줘야 해?

미지수지 일단 설득하려고 했으면 끝까지 해 봐야지.

황금비는 투덜거리면서도 상대도수로 나타낸 도수분포표를 그래프로 그렸다. 월별로 그래프를 그린 뒤에 도둑에게 보여 주었다.

**[ 3월 ]**

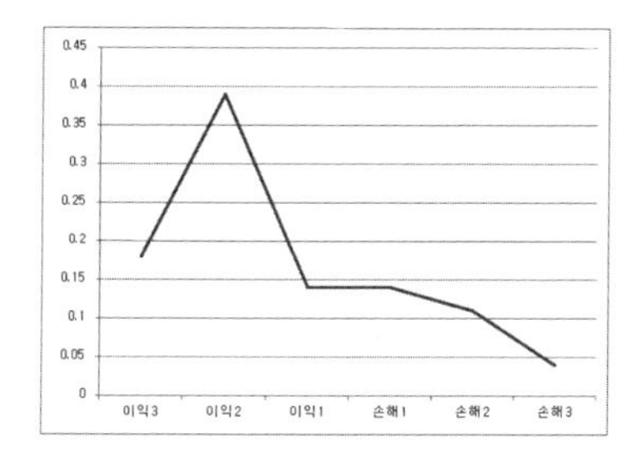


**[ 4월 ]**

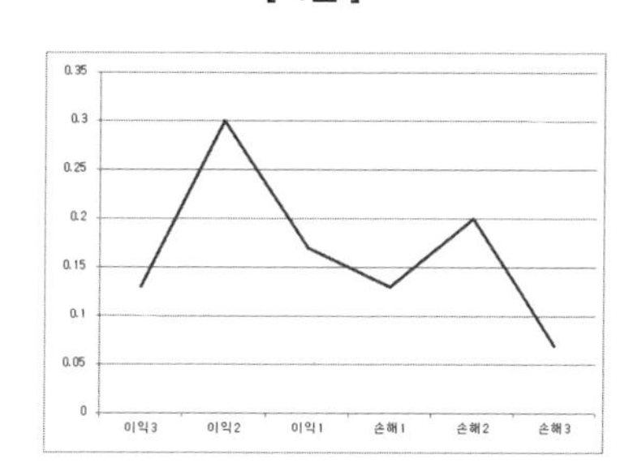

[ 5월 ]

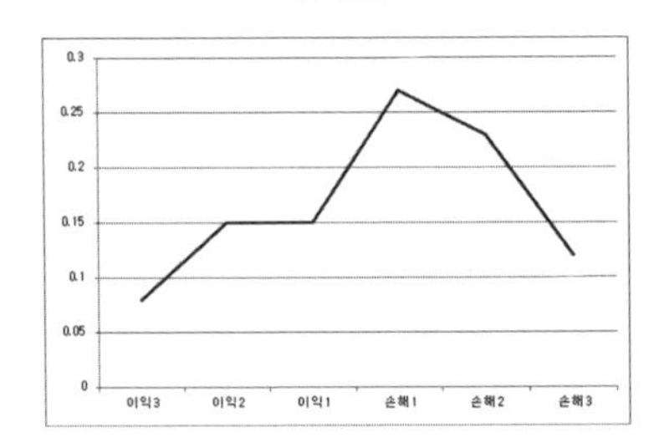


[ 6월 ]

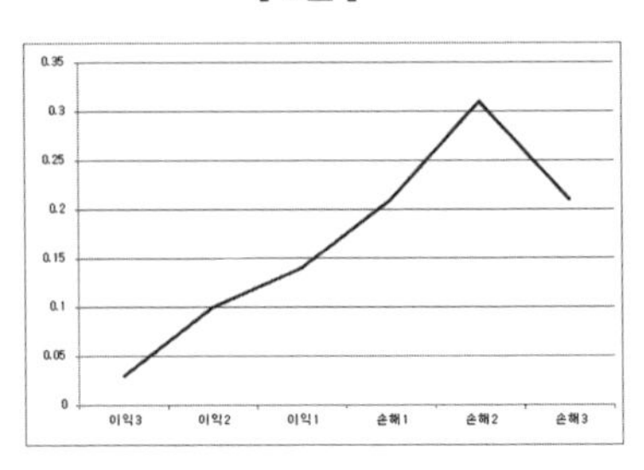


[ 7월 ]

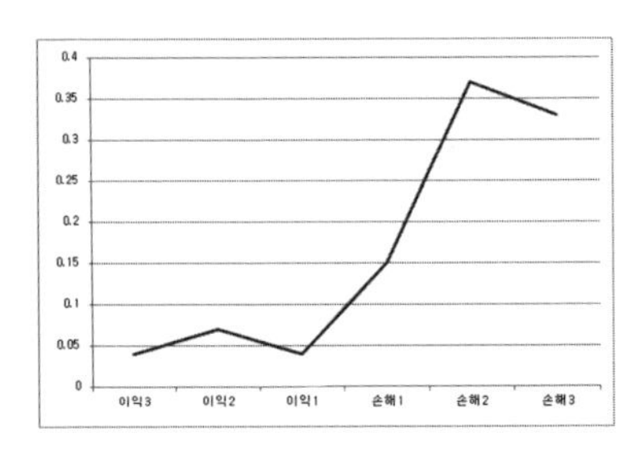


그래프는 분명한 의미를 전달했다. 숫자를 자세히 들여다볼 필요도 없었다. 3월은 이익 쪽이 그래프가 높고 손해 쪽이 낮았지만, 4월, 5월로 갈수록 점점 이익 쪽 그래프는 낮아지고 손해 쪽은 높아졌다. 7월이 되면 이익은 거의 바닥으로 떨어지고 손해는 높게 치솟아 올랐다. 3월 그래프와 7월 그래프만 견줘보면 차이가 워낙 확연해서 현실을 외면하려고 해도 외면할 수 없었다. 아무리 수학에 대한 이해가 떨어져도 어떤 일이 벌어졌는지 명확히 이해할 수 있었다.

황금비 이래도 내가 무슨 말을 하는지 모르겠어?

도둑 으으음….

황금비 좌우 선택 게임이어서 오른쪽과 왼쪽이 50대 50만 나오면 속임수가 없을 거라는 네 생각은 틀렸어. 바로 그 점을 이용해서 속임수를 쓴 거야. 만약 정말 공정한 도박이라면, 솔직히 도박에 공정이란 말은 어울리지 않지만, 손해와 이익이 50대 50이어야 해. 어느 한 시점에서는 한쪽으로 기울어지더라도 횟수가 늘면 반반으로 수렴되어야만 해.

도둑은 입을 꾹 다문 채 그래프만 뚫어져라 쳐다봤다.

황금비 이 그래프는 누가 봐도 자연스럽지 않아.

고난도 일부러 이렇게 조작한 거지. 처음에는 많이 따게 해 주다가 점점 잃게 만드는…. 결국 도박은 도박장을 연 사람만 이익을 얻고 도박을 하는 사람은 무조건 손해를 볼 수밖에 없어.

황금비 넌 사기꾼들한테 당한 거야. 도박으로는 결코 돈을 벌지 못해. 몇 명이 한때 돈을 버는 척 착각할 수는 있지만, 절대 지속되지 않아. 그리고 너처럼 되지. 그들에게 빚을 지고 덜미가 잡힌 채 끊임없이 나쁜 짓을 하다가, 결국엔 파멸할 거야.

도둑 딱 한 번이면 돼. 딱 한 번 크게 벌면….

황금비 이 그래프를 보고도 계속 그런 소리를 하는구나. 이런 말이 있어. 로또와 같은 복권은 수학을 못하는 이들에게 거둬들이는 세금이라고. 로또 1등 당첨 확률은 814만5,060분의 1이야. 그 확률에 돈을 쓰는 건 미련한 짓이지. 그런데도 사람들은 매주 발표되는 1등 당첨자를 보면서 로또를 사. 혹시 내가 될 수도 있다는 기대로. 그러니 로또는 수학을 못 하는 어리석은 이들에게 거둬들이는 세금이란 말이 나온 거야. 도박도 마찬가지야. 수백만 명 가운데 1명은 로또 1등에 당첨되는 것처럼 도박하는 이도 어떨 때는 따. 그렇지만 길게 보면 거의 다 잃어. 그런데도 도박에서 벗어나지 못하는 까닭은 그 몇 번 땄던 강렬한 경험 때문이야. 도박장을 운영하는 자들은 처음에는 네가 따게 해 줬어. 너는 도박에서 딴 '전'으로 화려하게 꾸미고 잘난 척도 했어. 그들이 너에게 도박 맛을 들이게 만든 거야. 너는 그 맛을 잊지 못해 혹시나 하는 마음으로 계속 도박을 했고, 자신도 모르게 큰 빚을 지고, 결국에는 범죄라는 깊은 수렁으로 빠져든 거야.

황금비는 잠시 뜸을 들이더니 말을 이었다.

황금비 그러니까 **도박은 수학을 못하는 이들이 빠지는 늪이야**. 수학을 제대로 알면 그런 어리석은 선택은 안 해. 너는 지금 네 앞에서 진실을 보여 주는 그래프를 보고도 계속 헛된 욕망을 꿈꿔. 진실을 드러내는 그래프를 보고도 도박에 희망을 걸고 싶어? 도박은 희망이 아니라 함정이야. 네 인생을 파멸로 이끄는 잔혹한 함정.

* * *

가진 '전'을 다 잃자 나는 내 아이템마저 팔아 치워야 했다. 딱 한 번만 크게 벌면 그만두겠다고 여러 번 다짐했지만, 내가 바라는 딱 한 번이 오지 않았다. 나는 도박에 쓸 '전'을 마련하기 위해 불법을 저질러야 했다. 혼자서 이런저런 나쁜 짓을 저지르다가 위험한 일을 겪기도 했다. 나를 도박으로 이끌었던 친구가 이번에도 나에게 길을 알려 주었다. 나는 그 친구 소개로 도박장을 운영하는 조직으로 들어갔다.

그 친구는 이미 조직원이었다. 친구는 이미 나와 같은 과정을 거친 뒤였다. 화려한 아이템, 멋진 놀이는 전부 도박장에서 고객을 끌어오라고 준 '전'으로 꾸민 것이었다. 그 친구는 나를 끌어들이고 자신이 진 도박 빚 중 상당액을 감면받았다. 나도 내가 진 도박 빚을 없애려면 친구처럼 하는 수밖에 없었다.

나는 그 친구를 원망하지 않았다. 도박을 끊을 수 없게 되었지만, 도박에서 내 미래를 보았기 때문이다. 저 그래프가 사실이라도 해도, 아니 사실이겠지만, 여전히 수익이 없지는 않다. 저 낮은 확률이 내게 대박을 안길지 누가 알겠는가? 딱 한 번이면 된다. 딱 한 번 크게 벌면 도박이고 뭐가 다 끊을 것이다. 그 한탕을 위해 나는 꾹 참고 기회를 노리고 있다. 딱 한 번이면…, 딱 한 번이면…. 그 한 번이 언제 올지 모르겠지만….

나는 조직에 충성을 다했고, 점점 핵심 조직원이 되었다. 조직에서 활동하여 번 돈은 다시 도박에 썼다. 운이 안 좋은지 수익은 제대로 나지 않았다. 처음에는 조금 따다가 시간이 지나면 꼭 잃었다. 돈을 조금 걸 땐 땄는데 크게 걸면 꼭 잃었다. 어쩌다 따기도 했지만 결국 잃었다. 나는 운이 안 좋았다. 슬픈 일이었다.

어쨌든 나는 핵심 조직원이 되었고, 그 조직이 지닌 놀라운 기술을 하나씩 알아 나갔다. 원리는 모르지만, 그 기술은 참으로 어마어마했다. 메타버스 알고리즘 따위는 아무런 문제가 안 됐다. 감시*AI*는 두려워하지 않아도 되었다. 나는 쾌감을 느꼈고, 내가 강력한 권력을 쥐었다는 자부심을 느끼기도 했다. 현실에서는 맛볼 수 없는 만족감이었다.

그러던 어느 날, 나는 아주 우연히 우리 도박장을 소유한 주인이 누구인지 알게 되었다. 그야말로 우연이었다. 도박장을 지배하는 진짜 주인이 누구인지 알았을 때 솔직히 꽤 충격을 받았다. 처음에는 내가 잘못 봤을지도 모른다고 자신을 스스로 의심했다. 그러나 명백한 사실이었다. 믿기지 않았지만 진실이었다.

* * *

도박장 주인이 누구인지 듣고, 모두 놀라서 입을 다물지 못했다.

연산군 말도 안 돼. 그럴 리가 없어.

나우스 거짓말 아니야? 우리를 속이려고….

도둑 진실이야. 내가 직접 본….

전혀 예상치 못한 진실에 깊고 무거운 침묵이 겨울 안개처럼 끈적끈적하게 번졌다.

※ 이야기는 수학탐정단 시리즈 3권(중학교 2학년 1학기 수학)으로 이어집니다.

## [십대들의 힐링캠프®] 시리즈는 대한민국 10대들의 삶을 담은 소설입니다!

**No.01** 박기복 글
나는 밥 먹으러
학교에 간다

**No.02** 박기복 글
일부러 한
거짓말은 아니었어

**No.03** 박기복 글
우리 학교에
마녀가 있다

**No.04** 박기복 글
소녀, 사랑에 말을 걸다

**No.05** 박기복 글
소년 프로파일러와
죽음의 교실

**No.06** 박기복 글
동양고전 철학자들,
셜록 홈즈가 되다

**No.07** 이서윤 글
수상한 고물상,
행복을 팝니다

**No.08** 박기복 글
뉴턴 살인미수
사건과 과학의 탄생

**No.09** 박기복 글
신화 사냥꾼과
비밀의 세계

**No.10** 박기복 글
내 꿈은 9급 공무원

**No.13** 박기복 글
토론의 여왕과
사춘기 로맨스

**No.14** 박기복 글
사랑해 불량아들,
미안해 꼰대아빠

**No.15** 박기복 글
떡볶이를 두고,
방정식을 먹다

**No.16** 박기복 글
수상한 기숙사의
치킨게임

**No.17** 박기복 글
소년 프로파일러와
여중생 실종사건

**No.18** 이선이 글
난 밥 먹다가도
화가 난다

**No.19** 박기복 글
라면 먹고 힘내

**No.20** 박기복 글
빅데이터 소년과
여중생 김효정

**No.21** 박기복 글
고양이 미르의
자존감 선물

**No.22** 박기복 글
수상한 과학실,
빵을 탐하다

수학탐정단과 도형의 개념